魔道公子

마도
공자

전기수 新무협 판타지 소설

FANTASTIC ORIENTAL HEROES

마도공자 1

전기수 新무협 판타지 소설

초판 1쇄 찍은 날 § 2011년 1월 20일
초판 1쇄 펴낸 날 § 2011년 1월 27일

지은이 § 전기수
펴낸이 § 서경석

편집책임 § 박우진
편집 § 주소영 · 어정원

펴낸곳 § 도서출판 청어람
등록번호 § 제1081-1-89호
등록일자 § 1999. 5. 31
어람번호 § 제2-2037호

주소 § 경기도 부천시 원미구 심곡2동 163-2 서경B/D 3F (우) 420-822
전화 § 032-656-4452 팩스 § 032-656-4453
http://www.chungeoram.com
E-mail § chungeoram@chungeoram.com

ⓒ 전기수, 2011

ISBN 978-89-251-2417-9 04810
ISBN 978-89-251-2416-2(세트)

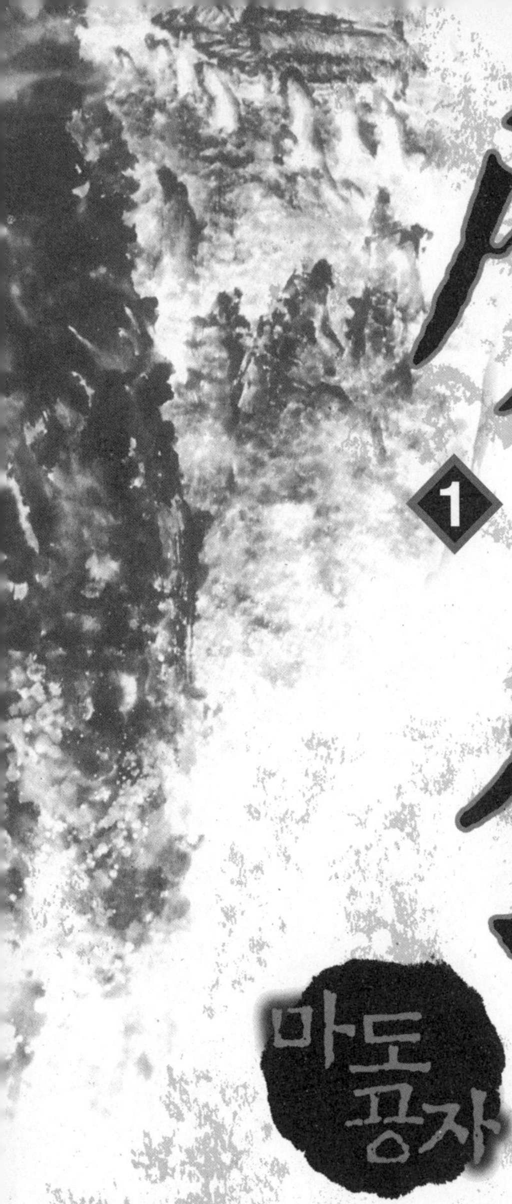

FANTASTIC ORIENTAL HEROES

전기수 新무협 판타지 소설

魔道公子

마도공자

1

도서출판 청어람

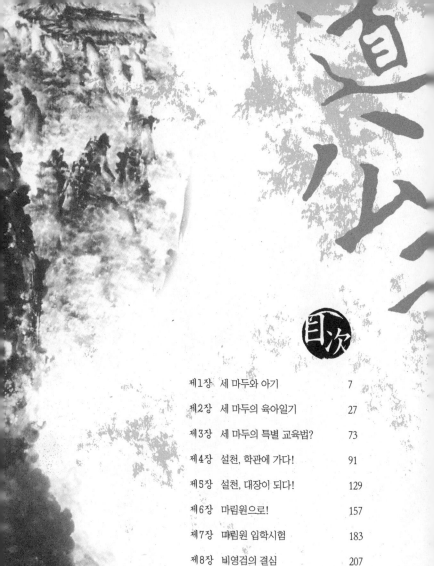

目次

第一章

세 마두와 아기

마도
공자

천지를 구분할 수 없을 정도의 눈발이 계곡을 하얗게 덮고 있었다. 험준한 산세와 기기묘묘한 기암괴석이 자리 잡은 이곳은 새들도 피해 간다는 천산의 봉마곡.

천마신교의 발원지이며, 교 안에서 가장 극악한 세 명의 마인을 봉인한 음침한 계곡이었다.

그 계곡 안쪽에 쓰러질 듯 힘겹게 눈을 지붕에 이고 서 있는 허름한 오두막 한 채가 보였다. 칼바람이 술술 새어드는 오두막 안에는 지그시 눈을 감고 가부좌를 틀고 있는 노인이 있었다. 깊은 명상에 빠졌던 듯 고요하던 방 안은 노인이 눈을 번쩍 뜨자 날카로운 기세로 가득 찼다.

"후우~"

그러나 노인이 숨을 고르며 기세를 갈무리하자 살을 엘 듯 날카로운 기세가 거짓말처럼 사라져 버렸다.

"오늘 오랜만에 피 맛 좀 보겠구나."

왜소한 노인은 안광을 번뜩이며 히죽 웃었다. 무시무시한 기세는 사라졌지만, 노인의 눈에는 흥분과 열기가 일렁이는 붉은 빛이 감돌았다. 사립문을 나서는 노인의 그림자 위로 덩치 큰 중년인이 휘적휘적 다가왔다.

"어이쿠! 이런! 어딜 가실까?"

중년인의 느물거리는 말투에 노인의 인상이 구겨진다.

"그러는 네놈은 어딜 가는 거냐?"

"에이, 뭘 그리 시치미를 떼나? 움직여 봤자 봉마곡 안. 게다가 이 냄새."

중년인은 코를 킁킁거리며 눈발이 흩날리는 하늘 쪽으로 코를 치켜들었다.

"이 냄새라면 자다가도 벌떡 일어날 정도로 두근거리는 냄새 아닌가?"

향기로운 향내라도 맡듯 중년인의 표정이 활짝 폈다.

'이런 썩을 놈을 봤나!'

노인의 인상이 사정없이 구겨졌다. 그러나 봉마곡의 미친 놈들이라면 고개를 끄덕일 수밖에 없는 말이기도 하다. 봉마곡에 갇혀 감옥살이 아닌 감옥 생활을 하고 있어 더욱 포악해진 성정. 언제 서로를 죽여도 이상할 것이 없는 분위기다. 서로 이빨을 들이대면 양패구상할 것을 뻔히 알고 있기에 조용히 서로를 무시하며 살고 있지만, 작은 불씨만 떨어져도 언제 불구덩이로 변모할지 모르는 곳이 바로 봉마곡이기도 하다. 포악해진 성정을 마음껏 발산할 기회를 놓칠 마인들이 아니었다.

"거기 있는 거 아니까 나오지그래? 이웃끼리 사이좋게 나눠 먹자고."

중년인의 말에 인상을 잔뜩 찡그린 비쩍 마른 노인이 눈 쌓인 덤불 너머로 모습을 드러냈다.

"자, 이제 봉마곡 식구가 다 모였으니 한번 행차해 볼까? 어떤 띨띨한 녀석들이 찾아왔는지 보자고."

두 명의 노인과 한 명의 중년인은 피 냄새가 짙게 풍기는 봉마곡의 입구로 발길을 옮겼다.

봉마곡의 무시무시한 명성을 아는지 모르는지 하얀 눈밭 위에 긴 핏자국을 남기며 한 여인이 힘겹게 걷고 있었다. 어깨에서부터 허리 부근까지 입은 자상에서 쿨럭대며 피가 쏟아지고 있었다. 그러나 여인은 피가 쏟아지는 상처를 돌보기보다는 조심스레 비단 강보를 꼭 안았다.

"저쪽이다! 놓치지 마라!"

추격자들의 사나운 목소리에 여인은 후들거리는 다리에

힘을 주고 눈발을 헤치며 앞으로 나아갔다. 여인의 발걸음은 봉마곡의 깊숙한 곳으로 이어지고 있었다.

"화살을 쏴라!"

여인을 추격하던 한 무리의 대장인 자가 다급하게 외쳤다.

휘잉!

공기를 찢으며 화살이 허둥거리는 여인의 등 뒤로 날아왔다.

"아악!"

여인은 단말마의 비명을 지르며 자리에 고꾸라졌다. 상처 입은 여인을 발견한 것은 추격대뿐만이 아니었다. 사냥개처럼 냄새를 찾아 코를 킁킁거리던 세 명의 마인도 여인과 그 뒤를 쫓는 추격대를 발견했다.

"이런!"

"흠."

"뭐야?"

아무리 악명을 떨치는 마인이라도 여러 명의 무인이 한 명의 여인을 사냥하듯 쫓는 모습이 좋아 보일 리 없었다. 세 마인은 자신도 모르게 탄식을 흘렸다. 그러나 그 탄식은 여인이 안타까워 내는 것이라기보다는 연약한 여인에게 살까지 날려서 잡아야 하는 형편없는 작태에 어이가 없어 내는 탄식이었다.

다 죽어가는 여인 하나와 무공 실력없는 삼십 명의 무인을 훑는 세 마인의 눈초리가 날카로웠다.

"쳇, 김샜군. 보아하니 제대로 된 검 한 자루 구하기도 어렵겠어."

"간신히 실험용 시체 몇 구나 건질 정도라니……."

덩치 큰 중년 마인과 왜소한 체격의 마인은 실망스럽다는 듯 중얼거렸다. 그러나 깡마른 마인은 형형하게 빛나는 눈으로 추격대와 절명한 여인의 시신을 흥미롭게 바라봤다. 두 마인은 실망한 기색이 역력했음에도 오랜만에 찾아온 반가운(?) 방문자를 곱게 돌려보낼 생각은 없었다. 세 마인은 불량스러운 걸음으로 여인과 추격대 사이로 저벅저벅 걸어갔다.

"너희들은 누구냐?"

추격대의 대장으로 보이는 사내가 쓰러진 여인 쪽을 흘끔거리며 앞으로 나섰다.

"하! 이놈들 보소? 뻔뻔한 건지 멍청한 건지……. 남에 집에 왔으면 주인장에게 인사부터 해야 하는 거 아니야?"

"우리는 이 여인에게 볼일이 있소."

위압적인 투기를 흘리는 중년 마인의 기상에 눌린 추격대 대장은 공손한 어투로 대꾸했다.

"그으래? 그런데 어쩌나? 우리는 너희들에게 볼일이 있거든. 봉마곡에 들어왔으니 살아 돌아가길 바라는 것은 아니겠지?"

중년 마인의 입꼬리가 잔인하게 비틀렸다.

"봉, 봉마곡? 그럼 당신들이 그……!"

추격대 대장의 경악성이 튀어나갔다.

휘잉!

중년 마인이 검을 뽑아 들어 휘둘렀다. 봉마곡이란 말에 바싹 긴장한 추격대 대장은 검을 들어 올려 마인의 검을 가로막았다. 그러나 마인의 검은 마치 살아 있는 듯 휘어지며 추격대 대장의 검을 비켜 가슴을 관통했다. 등으로 비죽 튀어나온 마인의 검에서 살점과 핏방울이 투둑 떨어져 내렸다.

"컥!"

단 일 검이었다. 중년 마인은 힘 하나 들이지 않고 뽑아 든 검에 추격대 대장은 허무할 정도로 쉽게 절명해 버린 것이다.

"이힉! 도망쳐라!"

"악마다! 봉마곡의 악마!"

무인들은 공포에 질려 무기도 버리고 허둥지둥 도망치기 시작했다.

"가긴 어딜 가?"

중년인이 대검을 막대기라도 되는 양 가볍게 휘두르자 들판의 곡식을 추수하듯 무인들의 머리가 후두두 떨어져 내렸다. 가볍게 휘두르는 검의 궤적은 단순해 보였지만 추격대의 무인들은 단 일 합도 막아내지 못했다.

양 무리에 뛰어든 맹수처럼 중년인은 추격대를 우수수 쓰러뜨리며 가볍게 보법을 밟았다.

투둑투둑!

중년인이 가볍게 휘두르는 검의 궤적을 따라 추격대의 머리가 바닥에 잘 익은 열매처럼 떨어져 내렸다. 경악성이 사라지기도 전, 순식간에 가슴이 꿰뚫리며 절명한 대장을 필두로 삼십 명의 목숨은 일각도 되지 않아 불귀의 객이 되어버렸다.

"이런 비루먹을 자식들!"

검에서 핏방울을 털어내며 중년인이 욕설과 함께 투덜댔다. 왜소한 체격의 노인은 지금 막 절명한 자들의 시체를 이리저리 뒤적이며 근맥과 단전을 살피고 있었다.

"낭인들인 것 같군. 삼류 정도의 실력이고."

"쳇, 누가 모르나. 척 보기에도 그렇다고."

두 마인은 낭인들의 시체 사이를 뒤적거리고 있었다. 마치 먹잇감을 찾는 까마귀 같은 모습에 깡마른 마인의 검미가 찡 그려졌다.

"시체나 파먹는 까마귀처럼 무슨 짓들인가?"

"흥, 고상한 척은! 천기를 읽는 천기통독마군이라는 별호를 달고 계셔서 천한 우리랑은 다르다 이건가?"

"투패검마왕이라 불리는 양반이 계신데 내 어찌 고상을 떨 겠나?"

중년인과 깡마른 노인의 눈이 불꽃이 튀었다.

"난 이만 돌아가 봐야겠네. 시체는 따끈할 때 해부하는 것이 제일이거든. 둘 중 하나가 죽어 나자빠지면 내가 해부해

주지. 둘 다 죽어도 좋고. 그럼 나만 횡재하는 건가? 껄껄껄."

낄낄거리던 왜소한 노인은 손을 뻗어 시체에게 공력을 주입했다. 다섯 구의 시체가 둥실 떠올랐다.

"젠장, 언제 봐도 역겹군."

"흠, 허공섭물을 고작 저런 일에 사용하다니……."

"뭘 그리 봐? 검마 네놈은 맘에 드는 검 한 자루 건지지 못했으니 심통이 날 만도 하다만 독마군 네놈은 뭐가 또 불만인 거냐?"

"마의 네놈은 시체에 환장하는 버릇을 아직도 고치지 못한 게로구나."

검마라 불린 중년인이 왜소한 노인에게 대꾸했다.

"각자 바란 것이 있어서 모인 것이니 서로 간에 볼일이나 보자고."

마의는 오랜만에 시체를 해부할 수 있다는 즐거움에 싱글거리며 걸음을 옮겼다.

"응애! 응애! 응애!"

순간 세 명의 마두는 귀를 의심하며 얼음같이 굳어버렸다. 마의는 허공섭물로 들어 올린 시체를 내려놓고 절명한 여인의 품 안에 안겨 있던 아이를 찾아냈다.

"아… 아기?"

검마는 귀신이라도 만난 듯 얼빠진 모습으로 말까지 더듬었다.

"끙!"

"흠."

"이런… 쯧!"

"응애! 응애! 응애!"

검마, 독마군, 마의 세 마두는 머리를 부여잡고 고민에 빠져 있었다.

"해부할 실험체 하나 늘었다 생각하고 내가 가져가지."

마의가 아기를 짐 보따리 들 듯 들고 일어서려 했다.

"불가(不可)!"

독마군이 단호하게 말했다.

"뭣이?"

"그 아기는 정해진 명이 아직 남아 있다. 죽이기엔 너무 일러."

독마군이 선언하듯 말했다.

"또 그놈의 천기타령이군."

마의는 비위가 상한다는 듯 중얼거렸다.

"내가 읽는 천기는 정확하다."

"그래서? 어찌할 작정이냐? 살려준다손 치더라도 누가 키울 것이냐?"

아기는 아직도 바닥에 누워 서럽게 울면서 작은 팔다리를 허우적거리고 있었다. 죽은 여인의 품에서 벗어난 것이 못마땅한 듯 울음소리는 아까보다 더 커져 있었다.

적과의 생사 대결에서도 이 정도로 골치 아프고 난처한 일은 없었던 세 마두는 아무도 입을 열 수 없었다.

"제기! 나는 저따위 애새끼 죽든 말든 상관없어."

"글쎄, 그럴까?"

독마군의 의미심장한 한마디에 검마가 움찔거렸다.

"뭐야? 도대체 무슨 거지같은 천기를 읽은 거야!"

검마의 목소리가 날카로워졌다.

"아무 힘도 없는 핏덩이에 불과하지만, 저 아이는 분명 우리와 깊은 인연이 있다."

"또 그놈의 천기와 인연타령이구만."

마의도 못마땅하다는 듯 구시렁거렸다. 하지만 검마와 마의 모두 독마군의 말을 부정할 수 없었다. 독마군의 예지와 천기를 읽는 능력은 귀신도 울고 갈 정도라는 것은 천하의 모든 이가 알고 있기 때문이다.

"그렇다는 것은……."

"우리가 저 아이를 키워야 한다는 것이네."

"망할."

아이를 키워야 한다고 말했던 독마군은 물론 마의와 검마도 절망적인 눈빛으로 변했다. 잔인하기로 유명한 세 명의 마두가 아이를 키워야 한다니 세인들이 안다면 까무러칠 일이었다.

"응애! 응애! 응애!"

눈물과 콧물로 얼룩진 작은 얼굴은 울음에 지쳐 붉게 변해 있었다. 서로의 눈치만 보던 세 마인 중 독마군이 떨리는 손으로 아기를 안아 올렸다. 깡마른 그의 품에 안긴 아기의 울음이 조금 잦아들었다.

"코딱지만 한 놈이 울음소리 하나는 요란스럽군. 울음소리가 왜 그리 큰지 당장 배를 갈라보면 알 수 있을 텐데."

마의는 독마군의 팔에 안겨 있는 아기를 보며 군침을 흘렸다.

"독마군이 마음에 드는 모양이니 키우면 되겠군."

검마는 자신은 당장 발을 빼려는 듯 후다닥 일어섰다.

"아까 말했듯 이 아이는 우리 모두와 인연이 있으니 이제부턴 공동의 책임이요."

"젠장! 나는 애새끼랑은 전생에도, 현재도, 후생에도 인연이 없다니까!"

"신마의 뜻은 아무도 모르는 법."

독마군은 안았던 아이를 검마에게 척 내밀었다.

"이제부터 인연을 만들어보시오."

"망할!"

검마는 커다란 덩치에 어울리는 솥뚜껑만 한 손으로 머리를 사정없이 북북 긁다가 아기를 바라봤다. 아기는 아직도 끅끅거리며 울고 있었다. 검마의 손바닥보다 작은 몸집에 당장에라도 부서질 듯 연약해 보였다.

"이런 건 못 만져!"

검마는 더러운 것이라도 보는 듯 인상이 구겨졌다.

"무슨 소리요?"

"뭔 헛소리야?"

"부서질지도 몰라."

검마의 대꾸에 두 마인은 인상을 찡그렸다.

"우선 울음을 그치게 해봐."

검마는 무서운 것이라도 만난 듯 커다란 몸을 사리며 독마군에게 말했다.

"그것이……."

"제기! 천기도 읽는 작자가 애새끼 마음 하나 못 읽어?"

"낄낄낄."

둘의 실랑이에 마의가 재미있다는 듯 낄낄거렸다.

"염병! 뭐가 웃겨!"

검마는 당장 마의를 요절낼 듯 으르렁거렸다.

"지금은 이럴 것이 아니라 아이를 돌보는 것이 우선이네."

독마군의 한마디에 두 마인도 조용히 입을 다물었다.

"그럼 이름은 뭐라 지을까?"

"뭐니 뭐니 해도 사내는 용맹함이 중요하니 용(勇) 자나 맹(猛) 자는 꼭 넣어야 하오."

검마가 고집을 부리며 말했다.

"아이 이름에 맹(猛) 자를 넣자고? 허! 거참 맹한 녀석이 되겠군."

독마군이 검마의 작명에 시비를 걸었다.

"뭐야? 그럼 어때서?"

"평생을 써야 할 이름인데, 자네 이름을 그리 지으면 좋겠나?"

"그럼, 그리 말하는 분은 어찌 지으실 거요?"

"흠, 무병장수하라고 복(福) 자나 수(壽) 자를 넣으면 좋겠는데……."

"왜, 아예 복수나 복실이라 지으시지!"

검마는 자신의 말에 딴지를 걸었던 독마군을 비꼬며 날카롭게 말했다.

"큼! 그만들 두시게. 이렇게 싸운다고 해결될 문제도 아니잖소?"

마의가 보다 못해 둘 사이에 끼어들었다.

"영감은 뭐 생각나는 것 없으시오?"

검마가 머쓱해져 마의에게 물었다.

"흠, 그전에 아이 성씨는 누구의 성을 따르게 할 건가?"

마의의 물음에 세 마두는 멀뚱멀뚱 서로를 바라만 봤다.

"뭐, 내 성씨를 물려줘도 되지만, 아마 그랬다가는 괜한 오해로 칼 맞을지도 모르오."

검마가 폭급한 성정과는 다르게 의외의 사려 깊은 말을 내뱉었다.

"하긴……."

마의와 독마군도 검마의 입장과는 다를 것이 없었다. 성을 물려준다는 것은 자신의 죄업과 은원을 함께 물려주는 일과 같았다.

"그럼 어쩐다?"

독마군은 하늘의 뜻을 읽어내는 일보다 더 어려운 것이 작명일 줄은 몰랐다.

"천기엔 이름 같은 건 없었소?"

검마가 독마군에게 물었다.

"천기가 시시콜콜 다 알려주는 줄 아나?"

독마군이 어이없다는 듯 대꾸했다.

"그럼 어쩐다?"

마의는 잠시 생각에 잠겼다.

"음, 그럼 성은 천마신교에서 거두게 되었으니 마(魔) 씨로 하는 것이 어떤가?"

마의가 고심 끝에 세 마두 모두가 흡족할 만한 답을 내놓았다.

"오호! 좋은데!"

검마도 좋은지 연신 고개를 끄덕였다.

"그게 좋겠군."

독마군도 드물게 검마와 뜻을 같이했다.

"그럼, 이름이 문젠데……."

마의가 이름 문제를 이야기하며 두 마두의 눈치를 살폈다.

"이름에 꼭 좋은 글자가 들어가야 훌륭한 이름은 아니지 않소?"

"그렇긴 하오만……."

"그래, 너는 어떤 이름이 좋겠느냐?"

마의가 아이를 번쩍 들어 올리며 물었다. 아기는 초롱초롱한 눈으로 자신을 안고 있는 마의를 바라봤다.

"음? 용맹이? 무쌍이? 어떠냐? 마음에 드냐?"

검마가 처음 주장했던 이름이 마의의 입에서 나오자 검마가 움찔했다. 자신이 듣기에도 무척이나 촌스럽게 느껴졌다. 검마가 움찔거리는 모습에 마의는 간신히 웃음을 참았다.

"그럼 무병이? 장수? 이게 좋겠냐?"

마의는 이번엔 독마군이 말했던 이름을 언급했다.

"흠!"

독마군의 검미가 찌푸려졌다. 독마군도 검마처럼 자신이 말하기는 했으나 이름이 탐탁지 않았다.

"그럼 둘 다 넣어서 길게 용맹무쌍 무병장수는 어떠냐?"

"뭐요?"

"그럴 순 없소!"

마의가 검마와 독마군을 놀리려고 작정한 듯 엉뚱한 이름

을 말했다. 그러자 검마와 독마군이 오히려 펄펄 뛰며 반대했
다.

"애 이름이 장난도 아니고, 그걸 말이라고 하시오?"

"왜 나한테 그러나? 용맹함이 중요하니 꼭 넣어야 한다고
한 사람은 자네 아닌가?"

"그렇긴 하지만 촌스럽게 그게 뭐요?"

"그럼 뭐로 할 텐가?"

"그, 글쎄?"

마의의 물음에 당황한 검마는 말까지 더듬었다.

"그럼 아이가 좋아할 만한 것으로 하지."

마의는 검마와 독마군이 이상한 이름을 고집할까 싶어 확
실히 못을 박아뒀다.

"아이가 좋아할 만한 이름이라……."

"부우~!"

아기는 마의의 품에 안겨 손을 휘저으며 혼자서도 잘 놀고
있었다. 가끔씩 알 수 없는 옹알이를 하며 작은 손을 흔드는
것이 참으로 귀여웠다.

"너는 뭐가 좋겠느냐?"

마의는 별생각없이 물었으나 그 순간 아기의 눈이 반짝였
다.

"부우부~!"

혼자서도 잘 놀던 아기는 별안간 마의의 머리카락을 잡아

당겼다.

"왜 그러느냐? 배가 고프냐?"

"바아아바~!"

아기는 계속 칭얼거렸다.

"이 녀석이 왜 이러지?"

"너무 오래 방 안에만 있어서 심심한 거 아니요?"

검마가 대뜸 말했다.

"그럴 수도 있겠군."

"그럼, 이름이고 뭐고 잠시 마실이나 나갔다 올까? 이리 주시오. 내 데리고 나갔다 오겠소."

검마는 마의의 손에서 아기를 빼앗아 들었다. 말은 당당하게 했으나, 아기를 보따리 들 듯 어설프게 안아 들었다.

삐걱!

검마가 문을 열고 나서자 하얀 눈발이 소복소복 내리고 있었다.

"눈이 엄청 내리는군."

"눈이 많이 내리니까 멀리 나가진 마시오. 그러다가 아기가 고뿔이라도 걸리면 큰일 아니오."

독마군이 검마에게 타박을 늘어놓았다.

"에잉! 걱정은!"

"까아~!"

세 마두는 아기가 고뿔 들 것을 염려했다. 하지만 아기는 하얀 눈이 내리는 하늘을 보곤 고사리처럼 작은 손을 펴고 기뻐했다.

"눈을 좋아하는군."

검마는 아기가 좋아하는 모습에 자신도 흐뭇해져 웃음을 흘렸다.

"음? 눈을 좋아해?"

검마는 산책 나가려던 발길을 멈추고 하늘을 다시 바라봤다.

"이 녀석이 오던 날도 눈이 내렸었지……."

검마는 잠시 생각에 잠겨 아기의 얼굴과 눈발이 날리는 하늘을 번갈아 바라봤다.

"이 녀석 이름으로 설천이 어떻겠소?"

"설천?"

"마설천이라……."

검마의 물음에 두 마인도 고개를 끄덕였다. 무엇보다 아기가 검마의 말에 기뻐하는 듯 작은 손을 펴고 움직거렸다.

"그럼, 오늘부터 네 이름은 마설천이다."

第二章
세 마두의 육아일기

마도
공자

"뭘 먹여야 하는 거지? 애가 이리 매가리가 없으니……."

세 마두는 힘없이 꼬물거리는 설천을 암담한 눈으로 바라봤다. 추운 겨울 날씨에 갓난쟁이가 강보에 싸여 쫓겨 다녔으니, 무리가 컸던 모양이다. 게다가 아기라곤 구경도 해본 일이 없는 마두들이니 제대로 설천이 먹을 만한 것을 챙겨주지 못한 탓이었다.

"의술로 최고라 떵떵거리는 양반이 계시니 뭔가 방법이 있을 거 아니요?"

검마가 마의에게 시비 걸 듯 물었다.

"끙, 의술이 만능은 아닐세."

"언제는 의술이 최고라더니 왜 말을 바꾸실까?"

"뭐, 탕약이라도 지어 먹이면 좋을 것 같지만……."

"있지만 뭐요?"

"젖이나 먹을 아이한테 탕약을 먹이는 것도 그렇고, 먹을 수나 있을지 걱정이야."

"의술에 능한 양반이 그런 것도 모르는 거요?"

검마가 기가 막힌다는 듯이 말했다.

"뭐, 대강 짐작은 가지만, 내가 애를 키우게 될 줄 누가 알았겠나? 관심이 없었으니 잘 모르지."

"그깟 게 무슨 대수요. 애한테 좋은 것만 넣어서 먹이면 될 것 아니오. 다른 아이들처럼 어미가 품고 젖을 먹일 수는 없으니 그보다는 좋은 걸 먹여야 할 것 아니오?"

검마는 단순무식한 성격답게 간단한 방법을 말했다.

"하나 그리되면 봉마곡 안에서 필요한 것을 전부 구할 수 없다는 것이 문제야."

"그게 문제 될 게 뭐가 있소. 그 띨띨한 녀석을 좀 혼내주면 구할 수 있을 거요. 그러니 필요한 물품 목록이나 만들어 둡시다."

검마가 호기롭게 말했다.

봉마곡 안의 세 마두는 죄인의 몸이라 필요한 물건을 쉽게 구할 수 없었다. 두세 달에 한 번씩 생필품을 가져다주는 형부의 관리인 달평이 외부와의 유일한 통로이자 보급 담당자였다. 세 마인에게 달평은 꼴 보기 싫은 간수이자 화풀이 대상이었다. 특히나 검마는 달평을 협박하고 골려먹는 재미가 꽤나 쏠쏠했다. 검마는 달평을 떨떨한 녀석이라 칭했지만, 그도 절정고수 반열에 오른 어엿한 형부의 관리인이었다.

"설천이 녀석 먹을 것도 문제지만, 옷을 만들려면 무명이 있어야 하네."

"옷을 만든다고?"

마의의 말에 검마가 의외라는 듯 물었다. 설천은 고급 무명으로 지은 옷을 입고 있었지만, 혹독한 산중의 날씨엔 너무나 얇아 보였다.

"그럼 아기 옷이라도 가져다 달라 할 텐가? 그랬다가는 설천이 녀석 일은 바로 위쪽에 알려지고 형부에서 설천이를 데려갈지도……."

마의가 귀찮지만 심심하기만 한 봉마곡에 생긴 새로운 활력소인 설천을 뺏길까 싶어 저어하며 말했다.

"그게 아니라 옷을 만들 줄 아시오?"

그러나 검마는 마의가 옷을 지을 수 있다는 말에 의외라는 듯 물었다.

"의술의 기본은 손재주지. 옷도 손으로 하는 일이니 식은 죽 먹기네."

마의가 별것 아니라는 듯 뽐내며 말했다.

"홍, 노인네가 별 재주가 다 있었군."

검마가 마의의 새로운 재주를 알고 툴툴거렸다. 그러나 검마는 입으론 툴툴거렸지만, 깨끗하게 손질된 마의의 옷을 부러운 듯 흘끔거렸다. 검마의 옷은 군데군데 터진 솔기와 구멍이 보였기 때문이다.

"고수라고 다 자네처럼 무작스레 검만 휘두를 줄 아는 게 아니네."

마의가 검마의 심기를 건드리며 말했다.

"뭐요!"

"그럼, 무명 다섯 필에 명주 다섯 필 정도면 되겠군."

검마가 발끈하며 마의에게 대들려고 하자 독마군이 화제를 바꾸며 말했다.

"설천이에게 먹일 탕약을 만들려면 뭐가 필요하시오?"

독마군이 종이에 설천의 옷 만들 옷감 내역을 적어 넣곤 물었다.

"음, 성장에 도움이 되는 만년설삼과 기를 보하는 공청석유, 그리고 기의 순환을 원활하게 하기 위한 만년지극혈보 정도면 되겠군."

마의가 아무렇지도 않게 영약의 이름을 줄줄이 대자 독마군이 이맛살을 찌푸렸다.

"아기에게 먹일 것치곤 좀 과한 것 같소만?"

좋은 것만 넣어서 만들라고 말은 했지만, 마의가 영약 이름을 줄줄이 대자 검마도 어이가 없었다.

"모두 성장에 도움이 되는 것뿐이란 말이오. 게다가 어미도 없는데 좋은 걸로 먹어야 잘 클 것 아니오."

"흠."

마의의 신경질이 담긴 말에 두 마인은 아무 말도 할 수 없었다. 어미 없이 크게 될 녀석이 애처롭기도 해서 영약으로 탕제를 만들겠다는 마의를 말릴 수가 없었다. 모두 각자의 분야에서 최고의 마두들이었지만, 극단적으로 최고를 고집하기에 늘 문제가 일어났다. 마의가 영약을 고집하는 것이 바로 그런 경우였다.

"하지만 과연 이걸 구할 수나 있을지 모르겠소."

검마가 툴툴거리며 말했다. 귀하기는 해도 세 마두가 자유로운 몸이라면 못 구할 것도 없는 물건들이었다.

"내가 만드는 것에 대충은 없네. 최고의 탕약을 만들기 위해선 꼭 필요한 재료네."

마의가 의욕이 넘치는 모습으로 말했다. 의술에 깊은 관심과 열정을 가지고 있는 마의는 최고의 약재로 최고의 탕약을 만들어야겠다는 오기가 발동했다. 설천에게 몇천 배는 효과가 뛰어난 탕약을 먹이고야 말겠다는 의지가 샘솟았다.

"알겠소."

독마군이 고개를 끄덕이며 목록에 영약의 이름을 적어 넣었다. 그 외에도 설천에게 필요한 물품을 만들기 위해 갖가지 물품이 목록에 올랐다. 세 마인은 신이 나서 이것저것 써 넣었다. 그러나 석 달 만에 방문해 목록을 살핀 달평은 얼굴이 하얗게 질려 버렸다.

"이, 이게 뭡니까?"

달평은 자신의 눈을 의심하며 물었다.

"뭐긴 뭐야? 눈이 멀었어?"

검마가 특유의 삐딱한 말투로 말했다.

"지금 제 눈이 멀었나 의심이 될 정도의 목록이라 여쭙는 겁니다."

달평은 형부의 수인 관리책임자가 되었을 때 뛸 듯 기뻐했던 것을 봉마곡에 방문할 때마다 후회했다. 봉마곡 수인 관리 책임자야말로 최악의 근무지였다. 관리하는 죄인들에게 쩔쩔매고 욕까지 먹어가며 일하는 사람은 천마신교 안에서 오직 자신뿐일 것이다. 게다가 비싼 물건들을 요구하면 자신의 녹봉을 털어서 사다 바쳐야 했다. 수틀리면 쥐도 새도 모르게 자신을 죽일 수도 있는 고수들이었기 때문이다.

"무명과 명주까지는 모르겠지만, 만년설삼에 공청석유, 게다가 만년지극혈보라뇨? 천마신교의 비고를 털어도 찾기 힘든 영약 아닙니까?"

달평은 만년설삼을 무슨 도라지 뿌리라도 되는 양 구해오라는 세 마인의 태도에 어이가 없었다.

"뭐라고? 그깟 만년설삼 하나 못 구한다고?"

검마가 살기를 피워 올리며 물었다. 달평은 바로 찔끔해 몸을 사렸다. 검마의 고약한 성질머리 때문에 죽도록 맞은 적도 꽤 있었다.

"그것이… 천마신교에서 지급되는 예산으론 옷감 구하기도 빠듯합니다."

달평은 슬쩍 예산 핑계를 대며 넘어가려 했다.

"뭐야? 돈이 부족한 건가? 그럼 걱정 말게. 이거면 될 테니까."

검마가 품 안에서 전표를 꺼내 들었다. 달평은 검마가 내민 전표를 보고 입이 떡 벌어졌다. 자그마치 일만 냥짜리 전표였다.

"이, 이건……?"

"흠, 이 냄새나는 골짜기에 처박히기 전에 모아뒀던 재산 중 일부니까 그걸로 필요한 물건을 구하면 될 거네. 그리고 우리가 개인적으로 부탁한 것이니 윗선에 보고할 필요는 없겠지?"

달평은 어안이 벙벙해져서 전표와 검마의 얼굴을 번갈아 가며 바라봤다. 검마의 흉흉한 기세로 보아 보고했다가는 죽여 버리겠다는 의지가 느껴졌다. 달평은 그저 고개만 끄덕일 수밖에 없었다.

달평은 정말 죽을 맛이었다. 검마의 사나운 기세와 옥박지름에 억지로 일만 냥짜리 전표를 들고 봉마곡을 나서긴 했지만, 세 마두가 원하는 물건을 구할 수 있을지 걱정이 앞섰다.

일만 냥짜리 전표를 받고도 머뭇거리는 달평에게 검마는 자신이 알고 있는 사람이라면 도와줄 것이라는 말과 함께 패 하나를 쥐어주었다. 투박한 검 한 자루가 양각되어 있는 수수한 패였다. 다른 사람의 말이라면 무시했겠지만 상대는 성정이 불같은 검마였다. 목숨이 아깝다면 시킨 일은 하는 척이라도 해야 했다.

'도대체 어떻게 그런 귀한 영약을 구하라는 건지······.'

달평은 사람들로 북적이는 장터 한구석에 자리 잡은 점복술사를 답답한 얼굴로 바라봤다.

"궁금한 게 있소."

달평은 검마가 알려준 암구를 뱉기 위해 점복술사 앞에 털썩 주저앉았다. 경부에서 보름마다 열리는 장터에서 점복술사를 찾으라는 엉뚱한 요구를 따라 할 수밖에 없는 자신의 신세가 처량하게 느껴졌다.

"어떤 것이 궁금하시오?"

달각! 달각!

점복술사는 달평이 다가와 앉아도 무심히 산통을 달그락거리고 있었다.

"존재하되 보이지는 않고, 없으나 꼭 필요한 곳에 가야 하오."

탁!

달평의 말이 떨어지기가 무섭게 점복술사의 산통을 흔들던 손이 멈췄다.

"무슨 소리인지 모르겠군. 헛소리는 다른 곳에 하시오."

점복술사는 사나운 목소리로 말했다.

"그리 나오면 이걸 전하라 하셨소."

검마는 암구를 전하면 분명 모르는 일이라 잡아뗄 것이니 그때 전하라며 물건을 하나 쥐어주었다.

"됐으니… 이, 이건……!"

사납게 소리치려던 점복술사는 달평이 내미는 패를 보고 입을 닫았다.

"이 패의 주인과는 어떤 관계요?"

사나운 기운은 사라졌으나 점복술사는 달평을 극도로 경계했다.

"뭐 그다지 좋은 관계는 아니요. 그냥 심부름을 왔을 뿐이오."

달평의 쏩쓸한 대답에 점복술사는 픽 웃음을 흘렸다.

"그분답군. 그분이 보낸 사람이라면 당연히 알려 드려야겠지. 당신이 찾는 곳은 이곳의 지하에 있소."

"이곳? 이 장터의 지하?"

달평이 입을 딱 벌렸다. 사람이 북적이는 지하에 은밀히 숨겨진 곳이 있으리라 상상한 적이 없었기 때문에 더욱 놀라웠다.

"그럼 암시가 어디 산골에라도 있으리라 생각한 거요?"

"암시?!"

달평은 펄쩍 뛸 듯이 놀랐다. 달평도 들어본 적이 있다. 세상의 진귀한 물건은 모두 취급하는 어둠의 상인들이 운영한다는 곳. 소문 속에만 존재하는 곳이라 생각했던 것이 달평의 착각이었던 것이다. 점복술사는 희미하게 웃으며 장터와 제일 가까운 곳에 자리 잡은 집을 가리켰다.

"저 집으로 들어가면 됩니다. 이것도 함께 가져가시오."

점복술사는 산통에서 뽑아낸 죽간을 하나 내밀었다. 달평은 얼떨떨한 상태로 죽간을 받아 들었다.

달평은 점복술사가 알려준 집의 문을 열었다.

끼이익!

문은 쉽게 열렸다.

"아무도 없소?"

달평이 집 안을 살폈으나 인기척이 없었다.

"이상하군. 분명 이 집이라 했는데?"

달평은 집 안을 두리번거렸다. 그러나 집 안은 괴괴했다. 방문을 열고 안을 들여다보니 깔끔하게 정돈되어 있으나 사람의 흔적은 없었다. 마치 아무도 살지 않는 듯 사람의 온기가 없었다. 집 안 구석구석을 살피던 달평은 한곳만 굳게 닫혀 있는 문을 찾아냈다.

"여기만 잠겨 있군."

문을 자세히 살핀 달평은 문 앞에 조그마한 구멍이 있음을 발견했다. 달평은 아까 점복술사가 자신에게 쥐어준 죽간을 꺼내 들었다.

달칵!

달평은 혹시나 싶어 죽간을 천천히 밀어 넣었다. 과연 이런 죽간이 작은 홈에 맞을까 싶었던 걱정이 기우였던 것처럼 문이 열렸다. 문이 열리는 소리에 달평의 몸이 뻣뻣하게 긴장했다. 문 안으로는 지하로 들어가는 입구가 보였다. 달평은 그 안으로 걸음을 옮겼다.

"믿을 수가 없군."

달평은 자신의 눈을 의심할 지경이었다. 장터와 다를 바 없이 많은 사람들이 북적이고 있었다. 하나, 사람들 면면은 모두 날카로운 기도가 엿보였다.

'모두 절정 이상이군.'

달평은 침음을 삼키며 주변을 둘러봤다. 하나같이 날카로운 기세를 갈무리하고 있었다.

'몸조심해야겠어.'

이런 곳에서 괜한 시비에 휘말렸다가는 살아서 나가기가 요원할 듯했다.

암시에는 일반 시장처럼 갖가지 상점이 즐비했다. 무구를 파는 상점에서부터 포목점까지 두루 갖춰져 있어 달평을 잠시 어리둥절하게 만들었다.

'무구점에 포목점까지 물건을 구입하려는 손님들의 기도만 다르다 뿐이지 모든 점포가 다 있잖아? 이참에 한번 구경이나 해볼까?'

달평은 언제 또 암시에 방문할지 알 수 없었기에 큰맘 먹고 구경에 나서기로 했다.

'뭐, 구경하는 데 돈을 내라고 하진 않겠지?'

달평은 무인답게 가장 먼저 무구점으로 발길을 옮겼다.

끼이익!

"계십니까?"

삐걱거리는 소리와 함께 무구점 문 안으로 들어선 달평은 점원을 찾았다. 그러나 아무도 대답하는 사람이 없었다.

"뭐야? 아무도 없는 건가?"

당황한 달평은 주변을 휘휘 둘러봤다. 그러나 사람의 그림자라곤 찾아볼 수 없었다.

"기다리는 동안 구경이라도 하자."

안으로 들어선 달평은 의외의 광경에 깜짝 놀랐다. 가지런히 정돈된 진열장에 병기들이 나란히 줄을 맞춰 전시되어 있을 것이라 짐작했다. 그러나 무구점 안은 그야말로 수많은 병기가 산처럼 쌓여 있었다.

"흠, 이건 검신이 너무 녹슬었군."

달평이 처음 집어 든 검은 녹이 슨 낡은 검이었다. 때가 탄 검병을 슥 문지르니 낙월이라고 검의 이름이 음각되어 있었다.

"설마 전설의 살수인 적살야의 낙월은 아니겠지?"

은밀하게 사람을 처리하는 살수의 행적은 그리 쉽게 드러나지 않는다. 그러나 자신이 처리해야 할 대상을 단 한 번도 놓친 적이 없는 적살야는 살수계의 전설이었다. 그가 쓰던 검인 낙월도 유명하기는 마찬가지였다. 어둠 속에서 홀로 빛을 발하는 달처럼, 낙월이 그리는 검로는 환한 빛을 머금고 있어 마치 달이 하늘에 떨어지는 것 같은 착각을 일으킬 정도였다고 한다.

그런 전설적인 검이 검신이 녹슨 채 암시의 구석에 방치되고 있을 리 없기 때문이다. 달평은 꺼림칙한 마음이 들어 녹슨 검을 내려놓고 옆에 놓인 봉을 집어 들었다. 묵직한 중량감과 손잡이 부분에 상감된 승천하는 용무늬가 멋졌다.

"꽤 괜찮은데?"

달평이 봉을 들고 몇 번 휘둘러 보았다.

횡! 횡!

바람을 가르는 소리가 기분 좋게 달평의 귓가를 울렸다.

"승천봉이 마음에 드시는 것 같군요."

기척도 없이 등 뒤에서 목소리가 들리자 달평은 순간 손에 쥔 봉을 떨어뜨릴 뻔했다.

"누구?"

"흑무상의 평우량입니다."

흑의를 멋지게 차려입은 남자가 고개를 숙이며 인사했다. 달평도 얼떨결에 평우량에게 마주 인사했다.

"그 봉을 구입하실 겁니까?"

"아뇨, 아닙니다. 아무도 없기에 잠시 구경을 좀 했습니다."

달평은 죄라도 지은 듯 화들짝 봉을 내려놓았다.

"아쉽군요. 승천봉은 봉의 대가인 봉절마군의 애병으로 사용되었던 물건입니다. 묵철과 빙옥석을 섞어 만들어 가벼우면서 타격감은 일반 봉에 뒤지지 않는 뛰어난 병기입니다."

평우량은 마치 외우고 있었던 사람처럼 봉의 내력과 장점을 줄줄 읊어댔다.

"네, 정말 좋은 병기군요."

달평은 맞장구를 치며 말했다.

"그런데, 구입 의사가 없으시니 안타까울 따름입니다."

"하하, 저는 이미 애병이 있어서요."

달평은 허리춤에 찬 검을 툭툭 건드리며 말했다.

"한철로 만든 검이군요. 한철은 기를 흩뜨려 검을 만들면 효용성이 떨어진다고 생각했는데 그렇지도 않군요."

평우량은 흥미롭다는 얼굴로 말했다.

"그게 무슨 말씀이십니까?"

"대협의 그 한철로 만든 검은 검막이나 검강을 시전하긴 힘들겠지만, 그 검에 베인 사람은 무공을 잃고 폐인이 될지도 모르니 무시무시한 검이군요."

"그, 그게 무슨 말씀이신지?"

달평은 등줄기로 식은땀이 줄줄 흘러내리는 것을 느꼈다.

"왜 그리 시치미를 떼십니까? 그 검에 베인 사람은 상처는 회복되어도 혈은 원래 상태로 회복되지 않는다는 것을 주인인 대협께서 더 잘 알고 계시지 않습니까?"

평우량이 비꼬듯 말했다.

"실례했소. 다음에 또 들르겠습니다."

달평은 단번에 자신의 무기의 특징을 파악한 평우량의 눈썰미에 놀라 허둥지둥 무구점을 벗어났다.

'역시 만만하게 생각할 곳이 아니었어.'

달평은 이마에 흐르는 식은땀을 닦아냈다.

'이곳에 더 머물렀다가는 위험할 수도 있겠어.'

달평은 애초에 암시를 구경하기로 했던 계획을 수정했다.

'빨리 영약이나 구해서 돌아가자.'

달평은 조급한 마음으로 사방을 두리번거리며 약재상을 찾았다. 한참을 두리번거리던 달평은 약(藥) 자가 내걸린 상점을 찾아냈다.

"어서 오십시오."

약재가 가득 들어차고 퀴퀴한 약초 냄새가 풍기는 약재상을 상상하던 달평은 궁궐같이 으리으리한 규모와 화려함에 압도되어 입을 딱 벌렸다.

청의를 입은 남자가 금빛 비단 휘장으로 장식된 입구를 지나 침향 나무로 만든 다탁과 의자로 달평을 안내했다. 달평을 안내한 남자의 유연한 몸놀림에 그가 상승의 무공을 익힌 자라는 것을 알아볼 수 있었다.

"찾는 물건이 있으신지요?"

달평은 남자의 말에 퍼뜩 정신을 차렸다.

"저, 만년설삼과 공청석유, 그리고 만년지극혈보를 찾고 있소."

달평은 자신이 말하면서도 어이가 없었다. 그런 영약을 약방에서 찾는 것이 어리석게 느껴졌다.

'곧 펄펄 뛰며 지금 놀리는 거냐며 소리를 치겠지.'

"얼마나 필요하신지요?"

사내의 담담한 물음에 달평은 귀를 의심했다.

"지금 뭐라 하셨소?"

"얼마나 구입하실 건지요?"

달평은 놀라움에 눈이 화등잔만 하게 커졌다.

"그럼 있다는 말입니까?"

"당연합니다. 저희는 모든 영약을 구비하고 있습니다."

달평은 잠시 머릿속이 어지러웠다.

"일만 냥 어치만 주시오."

달평은 검마에게 받은 돈이 일만 냥뿐이라는 사실에 어렵게 입을 열었다.

"흠, 하나 설삼도 한 뿌리에 십만 냥입니다."

"십만 냥!"

달평은 그 어마어마한 금액에 머리가 띵했다. 도대체 검마는 그깟 푼돈을 쥐어주고 물건을 사라 했는지 이해할 수 없었다. 처음엔 어마어마하게 느껴졌던 일만 냥짜리 전표가 이곳에선 정말 푼돈이라는 것을 깨달았기 때문이다.

"가지고 계신 돈이 없으시면 융통도 가능합니다."

남자가 웃음을 띠고 말했다.

"융통?"

그러나 자신이 십만 냥이 넘는 돈을 융통해도 갚을 길이 없다는 것을 알고 고개를 저었다.

"그만한 돈을 융통할 능력이 없습니다."

"무슨 말씀이십니까? 검패를 가지고 오신 것 아닙니까?"

"검패?"

남자의 물음에 달평은 품 안에서 검마가 쥐어준 패를 꺼내 들었다.

"제가 잘못 안 것이 아니군요. 그 패를 가지고 계신 분들은 돈을 따로 지급하실 필요가 없으십니다. 그 패로 모두 계산이 되니까요."

달평은 남자의 말에 귀신에 홀린 듯 패를 바라봤다.

'이 패로 모든 게 다 되는데, 그럼 도대체 일만 냥짜리 전표는 왜 준 거지?'

"미처 말씀드리지 못한 게 있는데, 이곳 암시의 입장료는 따로 계산해 주서야 합니다. 입장료가 일만 냥이라는 건 알고 계시죠?"

달평은 귀신에 홀린 듯 고개를 끄덕이며 물건을 구입했다. 갖은 욕을 퍼부으며 저주했던 검마가 준 일만 냥짜리 전표는 결국 암시의 입장료였던 것이다.

"물건을 확인해 보시죠."

고급스러운 목함에 담긴 만년설삼에서는 은은한 향기가 뿜어져 나왔다.

"최상품의 만년설삼입니다. 좋은 삼은 잔뿌리가 없고 우윳 빛을 띱니다."

"그, 그렇군요."

남자는 만년설삼이 담긴 목함을 닫고 나머지 영약들도 차례로 확인시켜 줬다.

"오늘 저희 약재상을 찾아주서서 감사합니다. 다음에 또 찾아주십시오."

달평은 영약들을 챙겨 들고 비틀거리는 걸음으로 암시를 벗어났다. 달평에게 암시는 평생 경험할 수 없는 놀라운 세계였다.

"평생 놀랄 일을 오늘 다 경험한 것 같군."

달평은 한숨을 내쉬며 휘적휘적 걸음을 옮겼다.

"이 귀한 걸 가지고 있다가 도둑이라도 맞으면 큰일이니 당장 봉마곡으로 가야겠다."

달평은 봉마곡으로 향하는 산길로 접어들었다.

＊　　　　＊　　　　＊

보글보글.

마의의 약탕기에서는 기묘한 빛깔의 김이 무럭무럭 솟아오르고 있었다. 냄새 또한 기묘해 독마군과 검마는 인상을 북북 쓰며 약탕기를 노려보고 있었다. 쓴 내, 탄내, 구린내, 삭은 내 등 온갖 냄새가 뒤섞인 이상한 냄새가 마의가 달이고 있는 약탕기에서 흘러나왔다.

"이게 도대체 무슨 냄새야?"

검마가 코를 틀어막고 물었다.

"몰라서 묻나? 최고의 탕약을 만들고 있소. 어느 무엇도 비교도 할 수 없을 정도로 뛰어난 탕약이 될 것이오."

마의가 자랑스레 말했다.

"콧구멍이 막혔소? 도대체 이런 냄새가 나는 걸 어떻게 먹는단 말이오?"

그러나 검마는 달갑지 않다는 듯 마의에게 퉁퉁거렸다.

"모든 것은 완성이 중요한 법."

마의는 약탕기에서 약을 짜낸 후에 만년설삼을 갈아 넣었다. 그러자 기분 나쁜 향기를 풍기며 칙칙한 암녹색을 띠던 탕약이 거짓말처럼 우윳빛의 맑은 색으로 변했다.

"허어, 신기한걸."

독마군과 검마는 탕약이 변하는 모습에 혀를 내둘렀다.

"만년설삼은 온갖 잡스러운 것을 해독하고 정화하지. 그러니 냄새는 걱정할 게 못 되네. 이것이 바로 내가 만든 특제 탕약이오."

"그럼 이 탕약의 효과는 뭐요?"

검마가 궁금하다는 듯 물었다.

"효과?"

검마의 말에 마의가 얼굴을 찡그렸다.

"그, 글쎄?"

마의가 한참 뽐내며 잘난 척하다 말을 더듬거렸다.

"뭐요? 효과도 정확히 모른단 말이오?"

"만년설삼은 해독과 일 갑자 이상의 내공을 얻을 수 있고, 공청석유 또한 내력 증진에 효과가 있고, 만년지극혈보는 환골탈태와 생사현관이 타통된다네."

"다 알면서 모른다는 이유는 뭐요?"

"그것이 한 번에 세 가지를 섞으면 어떤 효과가 오는지는 아직 모른다네."

자신있고 당당하던 마의의 태도가 눈에 띄게 풀이 죽었다.

"그럼 효과도 잘 모르는 걸 만들었다?"

검마의 목소리가 위험스레 높아졌다.

"무, 물론 영약만으로 만들어진 것이니 다른 것들과는 차원이 다르오!"

"그렇긴 하겠지. 들어간 돈이 얼만데 다른 애들이 먹는 영약보다 못하면 얼마나 억울하겠어?"

검마는 어미의 품에 안겨 행복하게 젖을 빨며 클 녀석에게 설천이 꿀리는 것이 싫었다. 솔직히 아이를 거두는 것이 세 마두의 성정과는 동떨어진 면이 많았지만, 일단 정을 주고 거두기로 했으니 다른 녀석들보다 부족하게 키우는 것이 싫었던 것이다. 세 마두의 호전적인 성격이 이런 엉뚱한 방향에서 고집 아닌 고집을 피우게 될 줄은 자신들도 몰랐을 것이다.

"그럼, 빨리 먹이자고."

독마군이 설천을 안아 들고 마의가 약 그릇을 들어 올렸다.

"까아~!"

독마군이 설천을 안아주자 뭐가 그리 신나는지 설천이 작은 손을 버둥거리며 좋아했다. 세 마두와 지내는 시간이 늘자 알아보고 재롱도 피워 마두들의 귀여움을 독차지했다.

"하하, 이놈도 좋다는군."

검마가 대견스럽다는 듯 설천을 바라봤다. 아직도 기력이 없는 듯 움직임이 별로 없었지만, 처음의 파리한 안색에서 두 뺨에 생기가 돌았다.

"자, 아! 아 하는 거다."

마의가 숟가락을 들고 설천에게 말했다. 설천은 말을 알아들는 듯 마의와 숟가락에 담긴 탕약을 바라봤다.

쪽! 쪽!

먹이는 세 마두가 뿌듯할 정도로 설천은 달게 탕약을 받아먹었다. 만년설삼 특유의 달콤한 맛이 맘에 든 것 같았다.

끅!

조금 양이 많은 듯했던 탕약이 바닥을 보이자 설천이 자그맣게 트림을 했다. 세 마두는 뿌듯한 얼굴로 설천을 바라봤다. 특히나 엄청난 돈을 쓴 검마는 그 돈이 아깝지 않다는 생각이 들 정도로 뿌듯했다.

"그럼, 효과는 얼마나 지나야 나는 건가?"

"아직 어리니 어떤 효과가 나타날지는 모르지만, 확실히 건강을 회복하는 데는 도움이 될 것이네."

쌕! 쌕!

설천은 배부르게 먹고 따뜻한 곳에 눕자 졸리는지 작고 까만 눈을 감고 코를 도롱도롱 골며 잠이 들었다. 먹은 영약이 효과를 나타내는 건지 설천의 작은 몸이 뜨거워졌다.

"열이 오르는 것 같은데?"

독마군이 설천의 작은 몸을 안아보고 걱정스럽다는 듯 말했다.

"괜찮소. 효과가 슬슬 나타나는 거니까."

마의가 걱정 말라는 듯 자신만만한 표정을 지어 보였다. 그러나 그 표정은 한 식경도 지나지 않아 소태를 씹은 것처럼 일그러졌다.

"응애! 응애!"

설천이 불덩이처럼 벌겋게 달아올라 울어댔다. 성격이 유순해서 잘 자고 잘 놀던 아이가 아픈지 힘없이 울어대자 세 마두는 좌불안석해 허둥거렸다.

"좋은 거라며 애가 왜 저러는 거요?"

검마가 어쩔 줄을 몰라 하며 물었다.

"세 영약의 기운 때문에 그러는 것 같소."

마의는 자신이 저지른 일 때문에 설천이 아파하는 것 같아 안타까운 마음에 작은 눈에서 흐르는 눈물을 닦아줬다.

"이러다가 애 잡겠소! 뭐라도 해보시오!"

독마군이 답답하다는 듯 말했다. 다른 사람들이 봤다면 눈이 튀어나올 만큼 놀라운 광경이었다. 잔인하기로 유명한 세 명의 마두가 아기가 아파하는 모습에 쩔쩔매는 모습은 낯설지만 놀라운 광경이었다.

"이 기운만 잘 갈무리하면 잔병치레없이 튼튼하게 무병장수할 거요."

마의가 지친 목소리로 말했다. 설천이 아파하는 모습을 지켜보고만 있어야 하니 진이 빠졌다.

"그럼, 저리 계속 아파하는 걸 지켜봐야만 한다고?"

검마의 물음에 마의가 움찔했다. 환자를 진료하면서 아프든 말든 상관도 않던 마의가 누군가가 아파하는 모습에 당황하고 놀라는 일도 처음이었다.

"지금은 달리 방법이 없소. 먹을 것으로 기운이나 차리도록 해주는 방법 외에는……."

"제기! 그 좋다는 탕약 덕분에 이 사단이 났으니 그걸 또 먹일 수는 없고, 애한테 먹일 건 젖밖에 없는데."

검마가 머리를 긁적이며 생각에 잠겼다.

"내 얼마 전에 천기를 읽으니 근처에 영물 하나가 새끼를 낳은 것 같소."

독마군이 설천의 이마에 물수건을 올려주며 말했다.

"영물?"

"그렇소. 봉마곡에서 가까운 굴에서 새끼를 낳았으니 그 녀석을 잡아다가 젖이라도 먹여야겠소."

불덩이처럼 열이 오른 설천은 입맛이 없는지 마의가 정성스레 끓인 암죽을 삼키지 못했다. 좋으라고 먹인 탕제 때문에 오히려 아파하자 마의는 속이 바짝바짝 타들어갔다.

"가까운 곳이면 어디요?"

검마가 안달이 난 목소리로 물었다.

세 마두가 머물고 있는 봉마곡과 인접한 산골짜기엔 사람들을 공포에 떨게 하는 무시무시한 백호 한 마리가 살고 있었다. 암호랑이였지만, 산중의 모든 맹수들을 제압하고 가장 넓은 영역을 차지하고 있었다. 워낙 영물인지라 일반 호랑이와 짝짓기를 하지 않고 지내던 백호는 얼마 전 짝짓기를 했다. 털이 흙빛으로 빛나는 흑호였다.

백호도 찾아보기 힘든데, 털이 묵 빛인 흑호는 더욱 귀한 영물이었다. 백호와 흑호라는 두 영물 사이에서 평범한 새끼가 나올 리가 없었다. 백호는 세 마리의 새끼호랑이를 낳았는데, 세 마리 모두 빛깔이 달랐다. 한 마리는 어미를 닮아 백호였고, 다른 한 마리는 아비를 닮아 흑호였다.

두 마리의 호랑이도 신기했지만, 더욱 놀라운 것은 세 번째 호랑이 새끼였다. 다른 새끼보다 몸집은 작았지만, 푸른빛이 감도는 흙빛의 털을 가지고 있었다. 은은한 푸른 광휘에 싸인 듯 보이는 새끼호랑이는 두 마리 다른 새끼보다 더욱 상서롭게 보였다. 흑청호라 불리는 천산에만 산다는 영물이었다.

새끼를 낳은 백호는 며칠째 새끼를 돌보느라 배를 채우지 못한 상태였다.

크릉! 크앙! 카앙!

백호는 새끼들이 젖을 먹고 투덕거리며 싸우는 모습을 확인하고 배를 채우기 위해 동굴 밖으로 빠져나왔다. 새끼를 낳고 더욱 날카로워진 살기에 동물들이 모두 후다닥 달아나 버렸다. 반나절 동안 허탕을 친 백호는 자연스레 굴에서 멀어진 곳까지 사냥을 나가게 되었다.

쿵쿵!

공기 중의 피 냄새를 맡은 백호의 콧잔등이 씰룩였다. 소리도 없이 백호는 냄새가 풍기는 쪽으로 움직였다.

[저놈이군.]

다가오는 백호를 발견한 검마가 전음으로 독마군과 마의에게 말했다.

[꽤 큰 녀석인데, 함정으로 잡을 수 있을지 모르겠군.]

마의가 염려스러운 듯 말했다.

[걱정 말게.]

독마군은 걱정 말라는 듯 말했다.

[진법과 함정에 관해서는 나를 따를 사람이 없을 것이네.]

독마군이 자신있게 말했다. 그러나 독마군의 자신감에도 불구하고 검마는 조바심을 쳤다.

[그냥 가는 거 아니야? 너무 미적거리잖아! 내가 그냥 잡아 오는 게 더 빠르겠어!]

백호가 조심스레 주변을 살피고 킁킁거리는 모습에 성질 급한 검마가 설레발을 쳤다.

[좀, 기다리게. 자네가 잡으면 호랑이가 멀쩡할 리가 없잖나?]

[그게 무슨 소리야?]

[자네 손을 타면 아마 죽은 호랑이가 되거나 반쯤 죽은 호랑이가 되겠지.]

독마군이 빈정거리며 말했다.

[뭐야? 내가 무슨 백정이라도 된단 말이야?]

[비슷한 거 아닌가?]

[이 노인네가, 말이면 다야?]

검마가 으르렁거리며 전음을 날렸다.

[좀 조용히 하게. 이러다가 호랑이가 눈치라도 채면 어쩔 셈인가? 설천이 그 어린 녀석한테 호랑이 젖이라도 물려줘야 하는 거 아닌가?]

전음으로 떠들고 있었지만 워낙 영물이라 도망이라도 칠까 싶어 조마조마한 마의가 둘을 말렸다.

[한 시진! 앞으로 한 시진 안에 녀석이 함정에 빠지지 않으면 내가 손수 때려잡겠어.]

검마가 성질을 죽이며 툴툴거렸다. 세 마두가 기다린 보람이 있었는지 백호는 천천히 함정 안으로 발을 들였다. 독마군의 은폐 진법과 일정한 무게가 되면 아래로 꺼지도록 설계된 함정은 영물인 백호도 속아 넘어갈 정도로 정교했다.

푸욱!

백호가 미끼로 잡아놓은 멧돼지 쪽으로 성큼 다가서자 바닥이 푹 꺼지며 함정 안으로 떨어졌다.

"하하! 잡았다!"

검마가 기뻐하며 은신법을 거두며 허겁지겁 함정으로 다가갔다.

"엇?!"

기뻐하던 세 마두는 함정에서 솟아오르는 백호의 신형에

입을 떡 벌렸다.

"삼 장이 넘는 함정인데 그걸 뛰어올라?"

잠시 넋을 잃고 있던 마두들 중에서 가장 먼저 정신을 수습한 사람은 검마였다.

"이 자식! 순순히 잡혀가면 편할 것을 매를 버는군."

검마가 으르렁거리며 백호를 노려봤다. 천마신교의 야수와 천산의 영물인 백호가 결전을 앞두고 서로를 매섭게 노려보고 있었다.

휙!

선공은 검마의 내공이 실린 주먹이었다. 백호가 뛰어오르며 피했지만 검마의 움직임이 더 빨랐다.

휘릭!

검마의 신형이 공중에서 꺼지듯 사라졌다. 허공답보로 백호보다 위쪽으로 움직인 검마는 각법으로 호랑이의 옆구리를 걷어찼다.

크왕!

백호는 난생처음 고통이 담긴 포효를 뱉었다.

"이 자식! 그러기에 순순히 잡힐 것이지. 쯧!"

검마는 혀까지 차며 백호를 자근자근 다졌다.

"그만하게!"

백호가 숨을 고르며 잔뜩 웅크리자 독마군이 소리쳤다.

"그러다가 죽이겠소."

철그럭!

독마군이 호랑이의 목에 묵철로 만든 사슬을 걸었다.

크르릉!

절그럭! 철컥!

백호는 사납게 날뛰며 사슬을 피했지만, 세 고수의 손에 어쩔 수 없이 포박되고 말았다. 세 의부 덕분에 설천은 호랑이를 젖어미로 두게 된 것이다.

크왕!

백호가 당장에라도 달려들 듯 사납게 으르렁거렸다. 그러나 목에 묶인 굵은 사슬 때문에 달려나갈 수가 없자 사슬을 물어뜯으며 버둥거렸다. 사슬에 묶여서도 사납게 날뛰는 호랑이 앞에서 세 마두는 곤란한 표정으로 서 있었다.

"저리 날뛰는데 젖을 어찌 물린단 말인가?"

"잡아온 것까지는 좋았는데……."

"끙!"

"응애! 응애!"

독마군의 손에 보따리처럼 덜렁 들린 설천은 호랑이 울음소리에 놀라 더욱 서럽게 울었다. 아직 붉게 달아오른 얼굴에서 영약의 기운이 가라앉지 않은 것을 알 수 있었다.

"그래, 점혈! 호랑이가 날뛰지 못하게 점혈을 하고 젖을 물리는 거야!"

마의의 말에 독마군과 검마의 얼굴이 밝아졌다.

"흠, 늙다리영감 머리에서 간만에 좋은 생각이 나왔군."

검마는 귀신같은 신법으로 호랑이의 수혈을 짚었다.

"크!"

검마를 물어뜯으려 크게 벌렸던 턱이 얼음처럼 딱딱하니 굳어버렸다. 요란스레 절그럭거리던 팔뚝 굵기만 한 쇠사슬도 호랑이가 굳어버리자 조용해졌다.

"됐구나."

독마군은 잔뜩 웅크리고 앉아 당장에라도 튀어 오를 듯한 신형을 유지하고 있던 호랑이의 뒷발을 퍽 하고 걷어찼다.

쿵!

점혈된 상태로 꼼짝도 못하는 집채만 한 백호는 볼썽사납게 사지를 하늘로 뻗으며 뒤로 넘어가 버렸다.

"어여 먹어라."

독마군은 아기를 호랑이의 젖무덤 쪽으로 꾹꾹 밀어붙이며 말했다.

"응! 캑! 캑!"

"아니, 애새끼 죽일 일 있나? 지금 젖을 먹이겠다는 거야, 숨통을 틀어막겠다는 거야?"

"뭐 하는 게야?"

독마군의 어설픈 몸짓에 마의와 검마가 인상을 와락 쓰며 소리쳤다.

"아니, 그것이……."

독마군은 머쓱해져 말끝을 흐렸다.

"이리 내! 내가 해도 그것보단 낫겠다."

검마가 그런 건 못 만진다며 고개를 저었던 것을 잊었는지 독마군에게서 설천을 빼앗아 들었다. 그러나 검마가 아기를 다루는 것도 독마군보다 나을 것이 없어 보였다. 마치 검을 들 듯 아기를 옆구리에 척 끼고 들었다.

"어리고 아프니 젖 빨 힘도 없을 것이야. 그러니 젖을 짜주면 좋겠어."

"자네, 젖 짤 줄 아나?"

마의가 의심스럽다는 듯 검마에게 물었다.

"엉?"

검마는 그것을 미처 생각 못했다는 듯 움찔했다.

"뭐, 별것있나. 대충 두드리면 나오겠지."

검마는 설천을 든 오른손 말고 왼손의 주먹을 말아 쥐었다.

퍽! 퍽! 퍽!

검마의 무지막지한 주먹이 백호에게 꽂혔다. 점혈된 백호는 신음 소리 하나 흘리지 못하고 움찔거리며 주먹세례를 고스란히 받았다.

"응? 이상하네. 더 세게 쳐야 하는 건가?"

"에잉! 그만두게! 답답해서, 원."

독마군과 검마의 기가 막힌 행태에 마의가 설천을 빼앗아

들었다. 인체의 기혈과 힘줄, 장기에 박식한 마의가 보기엔 검마와 독마군이 하는 행동이 모두 어이없게만 보였다. 마의는 설천의 자그마한 입술에 조심스레 젖을 물렸다.

쪽! 쪽! 쪽!

"호오!"

"흠!"

"어떤가?"

마의는 비무로 이길 수 없었던 두 마인에게 자랑스레 말했다. 암죽도 못 삼키던 설천은 허겁지겁 젖을 빨았다. 일반 호랑이의 젖이라면 큰 효과가 없었겠지만 천산의 영물인 백호의 젖에는 산의 정기와 기운을 갈무리하는 성분이 포함되어 있었다. 세 가지 영약의 기운을 이기지 못하던 설천은 백호의 젖을 섭취하면서 기운이 점차 갈무리되고 안정을 되찾았다. 게다가 더불어 배도 채우자 설천의 얼굴에 만족의 빛이 떠올랐다.

"흥!"

"별것도 아니구만."

마의의 잘난 척과 설천의 상태가 안정된 것을 보고 자존심이 상한 두 마두는 더 이상 대꾸없이 발길을 돌려 버렸다. 자랑스레 두 마인에게 기술을(?) 보였던 마의도 하릴없이 젖 먹는 설천을 안고 있는 것이 슬슬 지루했다.

"이 녀석, 아팠던 놈이 맞나? 뭘 이리 많이 먹어?"

아파서 끙끙거리던 설천이 기운을 차린 것은 기뻤지만 마의는 해부하다 팽개치고 나온 사체가 있었다는 것이 퍼뜩 떠올랐다.

"어쩐다?"

사체도 걱정이었지만 설천을 안고 있는 것이 슬슬 지겨워진 것이다.

"그래, 허공섭물을 이용해 공중에 띄워놓으면 그만 아닌가?"

마의는 조심스레 손을 놓으며 허공섭물로 설천의 신형을 바로 유지하며 허공에 띄웠다.

"됐다!"

마의는 사체를 해부하면서도 접하지 못한 성취감을 느꼈다. 그러나 장시간 허공섭물을 유지하려면 기를 계속 주입해야만 했다.

"흠, 그래, 그 방법이 있었군."

마의는 기막을 형성해 아기를 둥그렇게 둘러싸고, 그 안에 허공섭물을 유지할 기를 채워 넣었다. 허공섭물은 막 안의 기를 주입받으며 계속 시전되었다.

"좋아, 이 정도면 충분하겠지. 아기 키우는 것도 별것 아니었군."

마의는 고개를 끄덕이며 보무도 당당하게 집으로 걸음을 옮겼다. 마의가 사라지고 난 후 기 막에 둘러싸인 설천은 허겁지겁 젖을 빨았다. 설천은 젖을 섭취하며 주변의 생기와 영약의 기운을 갈무리했다.

아직 삼칠일이 지나지 않은 아기라 혈도가 모두 열려 있어 설천은 전신의 모든 혈 자리로 기를 흡수하기 시작했다. 더군다나 마의가 기 막을 형성해 감싸준 덕분에 주변보다 기의 밀도가 높은 공간에서 설천은 빠른 속도로 기를 빨아들였다.

쪽! 쪽! 쪽!

굶주렸던 설천은 허공에 둥둥 떠서 호랑이의 젖과 기를 흡수하며 그렇게 하루를 보냈다.

"응?"

아침 좌선과 검무를 마친 검마는 땀으로 범벅된 몸을 씻으러 개울가로 향하다 요상한 광경에 걸음을 멈췄다. 분명 어제까진 멀쩡한 호랑이였는데 하룻밤 사이에 비쩍 말라 버린 것이다.

"점혈에 이런 부작용이 있었나?"

검마는 이상하다는 생각에 고개를 갸웃거리다가 호랑이 발치에서 엉금엉금 기고 있는 설천을 발견했다.

"이놈, 여기서 잔 거냐?"

갓 삼칠일을 지난 아기가 기고 있다는 것은 정말 놀라운 일이었으나 육아에 관해서는 무지한 검마는 빽빽 울지 않고 발발 기어다니는 것이 신기했다. 게다가 아파서 펄펄 끓던 열도

말끔히 사라졌다.

"뭐, 잘 먹여두니 조용해서 좋구나."

아파서 끅끅 울어대던 설천은 검마도 안쓰러웠기 때문이다. 검마가 설천을 번쩍 안아 들었다. 안아 든 설천은 어제보다 두 배는 커졌다.

"응? 너, 어제보다 몸이 좋아졌다?"

검마는 어제보다 커진 설천이 신기해 번쩍 위로 들어 올렸다.

까르르!

설천은 배가 불러져서인지 귀엽게 웃으며 팔다리를 휘저었다.

"이놈 봐라?"

검마는 설천이 귀엽게 웃자 백호가 바싹 여위었다는 것을 깡그리 잊고 말았다.

"그나저나 너, 쌌냐?"

검마는 번쩍 치켜들 때 풍기던 구릿한 냄새에 코를 찡그리며 물었다. 설천은 그러든 말든 검마의 손에서 방긋방긋 웃고 있을 뿐이었다.

"좋아, 내 특별히 씻겨주마."

검마는 설천을 척하니 옆구리에 끼고 냇가로 향했다.

그 모습을 졸린 눈을 비비며 침실로 향하던 마의가 우연하게 창문 너머로 발견했다. 마의는 밤새 사체와 씨름을 하다가 아침참에 방으로 향하는 중이었다. 뭔가 잊은 듯했지만 기억나는 것이 없었다. 그러다가 창문 너머로 검마가 옆구리에 아기를 끼고 냇가로 향하는 것을 보고 아차 싶었다. 그러나 이내 검마가 알아서 하겠지 하며 졸린 눈을 비비며 방으로 향했다.

"그나저나 설천이 놈이 저리 컸었나?"

마의는 하품을 하며 중얼거렸다.

"하~ 어렵군."

독마군은 조심스레 괘를 뽑아보고 깊은 한숨을 내쉬었다. 아기, 즉 설천이 오던 날 천주(天主)의 기운을 가진 별이 봉마곡 위에 걸렸다. 그와 함께 살기를 지닌 붉은 별이 아직 작은 별을 위협하듯 바짝 가까워졌다. 푸른빛과 흰빛을 지닌 작은 별은 아직 힘은 없지만 능히 세상을 밝게 할 상서로운 기운이 감돌았다. 그 기운은 세 마두의 별인 흑성과 패성, 그리고 광성까지 밝혀주는 별이었다.

"분명 우리와 인연이 있는 아이다. 하나 어떤 인연인지는 모르겠군."

독마군은 머리를 싸매고 끙끙 고민을 하다가 마의에게 아기를 맡겨두고 온 것이 퍼뜩 떠올랐다.

"이런! 그 미친 노친네가 무슨 짓을 한 건 아니겠지?"

독마군은 밤새 천기를 읽느라 까맣게 잊고 있던 설천을 떠올리곤 허둥지둥 달려나갔다.

"어찌! 이런 일이!"

독마군은 피골이 상접해 버린 호랑이를 보고 입을 떡 벌리고 말았다. 밤새 호랑이는 정기를 몽땅 빨린 목내이같이 생기가 없고 털도 푸실푸실 빠지고 있었다.

"설천이는 어디로 간 거지?"

독마군은 기감을 끌어올려 주변을 탐색했다.

"응?"

철썩! 철썩!

까르르!

독마군의 귓가에 요란스런 물소리와 아기의 귀여운 웃음소리가 들려왔다.

"도대체?"

독마군은 허둥지둥 소리가 들리는 냇가로 달려갔다. 그리곤 다시 한 번 입을 딱 벌릴 수밖에 없었다.

"이게 무슨?"

그곳에는 마치 빨래를 빨 듯 물속에 아기를 넣었다가 꺼내기를 반복하는 검마의 모습이 보였다.

"여어~!"

독마군을 발견한 검마는 아무 일도 아니라는 듯 가볍게 인사까지 건넸다.

"지금 뭐 하는 거냐?"

"응? 뭐긴 뭐야, 목욕 시키잖아."

검마는 여상스럽게 대꾸하며 아기를 익사라도 시킬 듯 물에 푹 담갔다. 그러나 설천은 아무것도 아니라는 듯 까르르 웃으며 첨벙첨벙 물장구를 치고 있었다.

"원래 애들은 헤엄을 잘 치나?"

검마는 처음 알았다는 듯 말했다. 검마의 말처럼 설천은 능숙하게 헤엄치고 있었다. 짧은 팔다리로 물속을 자유자재로 움직이는 설천의 수영 실력은 놀라웠다.

그러나 수영 실력보다 더욱 놀라운 것은 설천이 뼈가 어는 듯한 물속에서 추운 기색 하나 없이 수영하고 있다는 사실이었다. 검마와 독마군은 자신들이 한서불침의 몸이라 추위를 느낄 수 없었기에 미처 알아차리지 못한 것이었다.

"그… 런가?"

"뭐, 헤엄을 잘 치니 목욕은 따로 시킬 필욘 없겠어."

검마는 잘됐다는 듯 말했다.

"앞으로 싸면 무조건 개울에 담가야겠어."

검마는 진정 잘못된 육아의 길을 걷고 있었다. 더군다나 모든 아기는 헤엄을 잘 친다는 잘못된 선입견을 가지게 된 것이다.

"이놈아, 이제 그만하고 말리자."

검마는 우악스런 손길로 아기의 뒷덜미를 끌어올렸다. 물속에서 꺼낸 설천은 금세 추운지 입술이 파랗게 질렸다.

"이런, 추운가 보군."

검마는 극양신공을 가볍게 시전해 설천의 몸에 물기를 말려주고 체온을 올려주었다.

"응?"

검마와 독마군은 순간 이질적인 기운에 눈이 커졌다.

"지금 그게……."

"이놈이?"

놀랍게도 설천은 극양의 기운을 혈로 흡수하고 있었다.

"허허!"

"이런 일이!"

아직은 작은 아기라 많은 기운을 흡수하진 못했지만 분명 가는 실처럼 극양의 기운이 설천의 몸으로 빨려들고 있었다.

"이거 물건이네."

검마는 신기하다는 듯 극양의 기운을 조금씩 더 주입해 보았다. 설천은 열이 오르는지 얼굴이 벌겋게 달아오르고 있었다.

"이봐! 태워 죽일 셈인가?"

일반 무인도 감당하기 힘든 기운을 아기에게 태연하게 주입하고 있는 검마에게 독마군이 펄쩍 뛰며 소리쳤다.

"하지만 이 녀석, 멀쩡해 보이는데?"

검마의 대꾸에 독마군도 설천을 유심히 살폈다. 그러나 얼굴이 벌게진 것 외에는 별다른 이상을 느낄 수 없었다.

"흐음~ 그렇다면 음기도 한번 주입해 볼까?"

검마와 독마군은 아기를 상대로 생체실험에 돌입하고 있

었다.

"호오!"

"다른 것도 해볼까?"

두 마인이 본격적인 기 주입 놀이에 심취하고 있을 때다. 마의는 실험에 쓸 약초를 캐러 산을 오르려다가 반갑지 않은 두 인물의 뒷모습에 인상을 찡그렸다. 두 인영은 마의 따위는 안중에도 없다는 듯 연신 감탄사를 흘리며 오두방정을 떨고 있었다.

'뭐 하는 거지?'

사이는 좋지 않으나 무시를 당했다는 생각에 와락 기분이 상했다. 그러나 서로 잡아먹지 못해 으르렁거리는 검마와 독마군이 저리 사이좋게 마주 앉아 호들갑을 떨고 있다는 사실에 호기심이 동했다. 슬쩍 보법을 밟으며 두 마인의 어깨 사이로 빠끔히 고개를 내밀었다.

"뭣?!"

마의는 독마군과 검마가 하고 있는 짓거리에 화들짝 놀랐다. 아기에게 양강지기와 음한지기를 동시에 주입하고 있었기 때문이다. 두 기운을 동시에 주입받으면 기혈이 뒤틀리고 혈맥이 상해 칠공에서 피를 토하며 죽게 된다. 그러나 눈앞에서는 믿지 못할 광경이 벌어지고 있는 것이다.

"어라, 이것 보게? 흡수하는 기의 양이 늘었어. 우리가 괴물을 거둔 모양이야."

"동시에 상극인 두 기운의 흡수가 가능하다면 세 가지도 가능할까?"

얼씨구? 마의는 실험에 미친 노인네라 욕하던 두 마인이 자신을 능가하는 실험 정신을 보이자 어이가 없었다.

"흠흠! 이게 뭣들 하는 짓인가?"

"보면 모르쇼? 지금 무공 전수 중이오."

마의의 빈정거림에 검마가 뻔뻔스레 대꾸했다.

"무공 전수?"

"내공 전수 중이니 시끄럽게 굴지 마쇼."

검마의 대답에 독마군까지 어이가 없을 지경이었다.

"오늘은 이쯤 하지. 그래도 아직 어린 아기 아닌가?"

"뭐, 그러지."

검마는 마의에게 뻔뻔스레 대꾸했으나 찔리는 구석이 있어 얼른 대꾸했다.

마의는 뻔뻔스런 검마보다 태연스레 두 가지 기운을 흡수한 설천에게서 시선을 뗄 수 없었다.

"오늘은 내가 하겠네."

"무슨 소리, 오늘은 내가 독기도 주입해 볼 거야."

"세 가지 기운을 동시에 주입해 보는 건 어떨까?"

세 명의 마두는 마치 장난감을 서로 가지고 놀겠다고 떼를 쓰는 아이처럼 설천을 사이에 놓고 실랑이를 벌였다.

설천은 세 명의 고수가 주입하는 기를 먹으며(?) 무럭무럭 성장하고 있었다. 아직 돌도 되지 않은 아기가 덩치는 다섯 살 아이보다 컸다. 게다가 눈에는 총기가 어렸으며 타박타박 잘도 걸었다. 다른 사람이 보았다면 크게 놀랄 일이었지만 세 마두는 원래 아기가 빨리 크는 거라 생각하며 대수롭지 않게 여겼다.

"독기는 좀 위험할 것 같은데?"

검마가 망설이는 듯 머뭇거렸다.

"걱정 말게. 내 해약을 준비해 둘 터이니."

"아직 어린데 괜찮을까?"

그러나 이미 별별 기운을 다 주입해 본 독마군의 말이 마의에게 통할 리가 없었다.

"걱정은. 나, 마의네. 세상에 내가 해독하지 못할 독은 없어."

자랑스레 가슴을 쭉 펴고 마의가 말했으나 두 마인은 의심스런 기색을 지울 수 없었다.

"검마 의부, 나 또 기운 주는 거야?"

설천은 이제 말도 또박또박 잘했다. 세 명의 마두에겐 의부라고 꼬박꼬박 호칭을 붙여줬다.

"이번엔 좀 다른 기운을 줄 거다. 아플 수도 있는데 괜찮으냐?"

검마는 마치 약을 내밀며 좀 쓸 수도 있다고 말하는 듯 천연덕스러웠다.

"아프면 아프다고 말할게."

"알았다. 기특한 놈."

세 명의 마두는 일견 잔혹해 보이는 내공 주입 놀이에 심취해 있는 것 같았으나 설천의 성취에 자신의 일처럼 기뻐했다. 그만큼 설천의 재능은 빼어났다.

마의가 독기를 설천의 단전에 불어넣기 시작하자 독기를 직접 받아들이는 단전뿐만 아니라 설천의 온몸의 기혈로 검은빛의 독기가 가느다란 실처럼 빨려들어 갔다. 살아 있는 생명체처럼 꿈틀거리며 기가 흡수되는 모습은 무척 신기하고 놀라운 광경이었다.

"독기도 무난히 흡정시키고 있군."

독마군은 눈앞의 작은 아이가 신비롭게만 느껴졌다.

"벌모세수도 필요없겠어. 갓난쟁이 때부터 온몸의 혈로 기를 흡수했으니 막힌 곳도 없겠지."

세 마두가 신기해하며 즐기던 내공 주입 놀이 덕분에 어린 설천은 벌써 일 갑자에 달하는 기를 쌓았다.

"녀석이 더 크면 무공을 가르쳐 보는 것도 좋겠어."

검마가 기대에 찬 목소리로 말했다. 그렇게 오 년의 시간이 흘렀다.

第三章
세 마두의 특별 교육법?

마도
공자

뛰어난 인재를 보면 키우고 싶은 것이 모든 무인의 공통점이다. 그러나 잔인한 성정과 안하무인의 기질이 강한 세 마두는 제자는커녕 사문의 사형제들과도 사이가 나빴다. 그런 세 명의 마인이 설천을 가르치기 위해 팔을 걷어붙였다. 설천은 핏덩이 때부터 세 마인이 키워온 자식 같은 존재였으니, 세 마두는 꼭 자신들의 무공을 가르치고 싶었다.

　"하지만 아이가 너무 어리니 어려운 말을 해도 못 알아들을 텐데."

　"쉽게 가자고."

　검마는 문제없다는 듯 말했다.

"자, 이제부터 의부랑 술래잡기하는 거다. 알았냐?"

"술래잡기가 뭐야?"

설천은 몹시 궁금하다는 듯 까만 눈동자를 반짝이며 말했다. 외양만 봐서는 열 살 먹은 아이 같았지만 실상은 다섯 살 먹은 아기였다.

"흠, 설천이가 숨으면 내가 찾는 거야."

"왜?"

설천의 말에 세 마두는 말문이 턱 막혔다.

"어… 호야랑 아지, 지호 못 보다가 만나면 반갑지?"

호야와 아지, 지호는 설천의 젖어미인 호랑이의 새끼들이다. 꼬물거리는 새끼가 산을 내려와 잡혀간 어미 품을 찾아온 것이다. 그때부터 설천은 새끼 호랑이들과 젖을 나눠 먹으며 살았다. 설천은 새끼 호랑이들을 형제처럼 여겼고, 호랑이 새끼들 또한 설천을 그리 생각하는 것 같았다.

"그거야… 잠시 못 만났다가 다시 보게 되면 반갑잖아. 그러니까 숨어 있는 동안은 절대 우리들한테 들키면 안 돼."

"응."

"그러니까 지금부터 의부가 꼭꼭 숨는 법 알려줄게."

검마는 은신술을 설천에게 전수하기 시작했다.

"왜 하필 은신술을 가르치는 건가?"

은신술을 전수하는 검마에게 독마군이 물었다.

"처음 녀석이 봉마곡에 온 날 기억하나?"

"그렇군."

검마의 조용한 대꾸에 독마군은 고개를 끄덕였다. 설천은 누군가에게 쫓기고 있었다. 무슨 은원인지는 모르겠으나 앞으로도 해하려는 사람은 계속 나타날 것이다. 그때 가장 도움이 될 만한 무공이 무엇일까 하며 고심 끝에 고른 것이 바로 은신술이었다. 패도적인 검마가 생각해 낸 방법치곤 너무 평범한 무공이라 의아했지만, 아이인 설천이의 눈높이에 맞춘 검마의 고심이 담긴 결정이었다.

설천의 실력은 일취월장했다. 처음엔 검마의 미숙한 설명에 고개를 갸웃거리던 녀석도 점차 기를 갈무리하고 신형을 감추는 것에 익숙해졌다.

"놀랍군. 월영잠형신법(月影潛形身法)을 벌써 육성까지 이뤘어."

독마군과 마의도 틈틈이 설천에게 가르침을 줬으나 가장 많은 시간을 가르친 검마가 으쓱했다.

"가르치는 사람이 천재니까 가능한 일이지."

"흥!"

"웃기는 소리."

여전히 사이가 좋지 못했으나 설천 덕분에 세 마두는 언성을 높이며 싸우는 일은 없었다.

"의부들, 나 호야들이랑 놀고 올게."

"멀리 가지는 말고, 저녁 먹기 전엔 돌아오너라."

"응, 알았어."

세 마두는 금제로 인해 봉마곡을 벗어날 수 없었으나 한창 자라는 나이인 설천은 이제는 대호가 된 새끼호랑이 등을 타고 천산 곳곳을 누볐다. 어린아이가 첩첩산중을 활보하며 돌아다니는 것을 걱정해야 하건만 세 마두는 아이는 으레 그러려니 했다.

설천은 세 마리 호랑이와 함께 천산을 제집 안방마냥 활개치며 돌아다녔다.

천산에서 머루와 달래를 따 먹고 산토끼나 노루를 사냥하는 것은 설천의 소소한 즐거움이었다. 푸르른 나무와 맑은 계곡물이 어우러진 자연 속에서 설천은 청정지기를 듬뿍 받으며 다른 아이들보다 빠른 속도로 무럭무럭 성장했다.

주로 약초꾼과 사냥꾼이 대부분이었지만, 넓디넓은 천산에서도 사람들과 마주치는 일이 있다. 의부들 이외엔 사람을 본 적이 없는 설천이 처음으로 만나게 된 사람은 사고로 정신을 잃은 약초꾼이었다.

설천과 토끼를 사냥하던 호야가 약초꾼을 먼저 발견했다. 다쳤는지 피로 얼룩진 옷은 나뭇가지에 찢기고 흙과 지푸라기가 잔뜩 붙어 있었다.

"응?"

설천은 난생처음으로 낯선 이를 만난 것이 신기했다. 게다가 피로 얼룩진 옷을 보고 고개를 갸웃거렸다. 다친 걸까? 설천이 잠시 머뭇거리는 사이 호야가 사내의 상처에 혀를 갖다 댔다.

"안 돼! 지지야! 먹지 마!"

설천과 함께 지내고 있어도 호야는 맹수였다. 피 냄새가 풍기는 사내에게 혀를 날름거리며 핏물을 핥았다. 설천은 호야를 꾸짖으며 말렸다. 아직 어리니 사람을 먹으면 살인이니 뭐니 하는 개념은 없었지만, 당장 피를 흘리며 쓰러져 있는 남자가 더러워 보여 질색을 하며 말린 것이다.

크왕!

설천이 말리자 호야는 기분이 상한 듯 크게 한번 울고는 얌전히 설천의 발 앞에 쭈그리고 앉았다. 일반적인 맹수는 자신보다 덩치가 작은 사람의 말은 잘 듣지 않는 편이다. 그러나 어린 시절부터 함께한 설천의 명을 호야는 순순히 잘 따랐다.

"아무거나 막 먹으면 안 돼! 알겠지?"

정신을 잃은 약초꾼이 들으면 어이가 없을 내용이었지만 설천은 심각하게 말했다.

"죽은 사람이면 마의 의부가 좋아했을 텐데."

설천은 시체를 좋아라 하는 마의를 떠올리며 말했다. 하지만 이 사람은 아직 살아 있는 것 같았다.

"으… 령아… 령아야……."

정신을 잃은 사내는 눈물까지 흘리며 누군가를 찾고 있었다.

"도와줘야겠다. 이 사람도 의부가 기다릴지도 모르잖아."

설천은 남자가 눈물을 흘리며 누군가를 찾자, 봉마곡의 의부들을 떠올리며 말했다.

'그런데 어떻게 도와줘야 하지?'

설천은 잠시 기억을 더듬었다. 설천이 넘어져서 엉엉 울 때 마의가 약초로 만든 약을 발라줬던 것이 떠올랐다. 설천은 품 안을 뒤져 마의가 억지로 쥐어준 약을 꺼내 들었다. 넘어지고 구르는 것이 일상인 사내아이라 마의는 마음이 놓이지 않아서 상비약을 챙겨주곤 했다.

"응? 이렇게 하면 되는 건가?"

설천은 피가 흐르는 사내의 옷을 벗겨내고 상처에 마의가 준 약을 치덕치덕 발랐다. 찢어진 살갗은 보기에도 끔찍할 정도로 너덜너덜해져 있었다. 그러나 설천이 바른 약은 천마신교 안에서도 최고로 치는 마의의 금창약이었다. 조금만 발라도 피가 멎고 새 살이 돋는 뛰어난 명약이라 사내의 상처가 심각하긴 했지만 약을 처덕처덕 바른 덕분에 곧 피가 멈췄다.

"으음? 뭘 또 해야 하지?"

설천은 사내가 정신을 차리지 못하자 뭘 해야 하나 잠시 고민에 빠졌다.

"아, 맞다! 그게 있었지?"

설천은 좋은 것이 생각난 듯 기뻐하며 다시 품 안을 뒤졌다. 얼마 전 마의가 새로 만들어낸 영단이었다. 혹여 설천이

심하게 다칠지도 몰라서 하나를 챙겨줬던 것이다. 그러나 영단에는 관심도 없는 설천이라 품 안에 넣어두기만 했지 있는지 없는지조차 잊고 있었던 것이다.

부스럭!

영단은 설천이 함부로 보관해서 그런지 잘게 부스러져 있었다.

"음… 조금이면 될까? 많이 먹으면 쓸 거야."

약 먹는 것을 싫어하는 아이답게 설천은 사내를 배려해 영단의 작은 조각을 사내의 입안으로 밀어 넣었다. 마의가 새로 제조해 설천에게 안겨준 영단은 머리를 맑게 하고 기혈의 순환을 돕는 영약이었다.

"으, 으윽!"

뛰어난 영약 덕분에 사내는 정신을 차렸는지 눈을 떴다. 설천은 사내가 눈을 뜨는 것을 보고 방긋 웃었다.

"다행이다. 이제 안 아플 거예요. 이 약, 아주 좋거든요. 앞으로는 다치지 마세요."

설천은 사내에게 손을 흔들어 보이고는 호야를 타고 나머지 두 마리 호랑이를 거느리고 봉마곡으로 돌아갔다.

설천 덕분에 정신을 차린 약초꾼은 방금 전의 상황이 꿈만 같았다. 흐릿한 시야 속에서 세 마리의 대호를 거느린 설천의 모습이 신비롭게 보였다. 백호와 흑호, 그리고 말로만 듣던 흑청호를 부리는 어린아이. 다 죽어가던 자신을 살린 놀라운 의술 또한 인계의 것이 아니라 여겨질 정도로 현묘했다.

"감사합니다, 마동님. 덕분에 목숨을 구했습니다."

약초꾼은 마신의 현신인 마동이 자신을 구했다고 확신했다. 약초꾼은 멀어지는 설천의 뒷모습을 바라보며 두 손을 모으고 고개를 조아렸다.

어처구니없는 오해였지만, 세 마리나 되는 호랑이를 거느리고 산을 누비는 평범한 어린아이가 있을 것이라고는 상상도 할 수 없었기 때문이다. 또한 자신의 위중했던 상처가 이미 아물기 시작하고 있었기에 더욱 그리 생각할 수밖에 없었다.

마신의 조화로 목숨을 구원받은 약초꾼사내의 이야기는 천산에서 약초를 캐는 모든 이들에게 화제가 되었다.

"자네, 그 이야기 들었나? 마동께 구원을 받은 이야기 말일세."

"그래, 나도 들었네."

"어마어마한 대호를 타고 다니고, 손에는 벼락으로 만든 검을 들고 있었다네."

"혹여 그분을 뵙거든 잘 보이고 소원이나 하나 빌어볼까 했는데, 대호에 벼락으로 만든 검이라…… 무서워서 어디 말이나 꺼낼 수 있을까 싶네."

"에끼, 이 사람아! 마동을 뵙고 소원을 빌려고 했단 말인가? 욕심하고는."

약초꾼들은 왁자하게 웃으며 즐거워했다. 언제 죽을지 모르는 위험한 것이 약초꾼의 삶이다. 그렇기 때문에 그들에게 위안이 되고 힘이 되는 이야기에 모두들 즐거워했다. 그러나 한 약초꾼만은 심각한 얼굴로 이야기에 귀를 기울였다. 그는 만진수란 약초꾼으로 사십대 후반의 인상 좋게 생긴 사내였다.

"그 마동께 구원을 받았다는 자가 누군지 아는가?"

만진수는 시끄럽게 웃고 떠드는 약초꾼에게 물었다.

"응? 글쎄, 잘 모르겠는데?"

소문이란 원래 퍼져 나가면서 살이 붙고 부풀려지게 마련이다. 게다가 처음 시작이 누구의 입에서 나왔는지를 찾기는 매우 어려웠다.

"그럼 그 이야기는 누가 해준 건가?"

"흠, 춘섭이가 해줬던 것 같기도 하고, 기억이 가물가물한데… 그런데, 그건 왜 묻나?"

"아무것도 아니네."

만진수는 아무것도 아니라며 손사래를 치며 자리를 떴다. 그러나 만진수는 물어물어 마신께 구원받았다는 사내를 결국 찾아내고야 말았다.

"당신이 그 마동에게 구원받았다는 사람이오?"

"그렇소만, 무슨 일이오?"

사내의 말에 만진수의 눈이 반짝였다.

"그렇다면 당신이 정말 마신의 현신인 마동을 만났단 말이오?"

"그분이 마신인지 아니면 반로환동한 은거고수일지는 나도 잘 모르겠소. 하나 그분이 주신 신묘한 약으로 목숨을 구한 것은 사실이오."

사내는 윗옷을 벗어 흉터를 만진수에게 보여줬다. 당시의 위중했던 상태를 증명하듯 검붉은 빛을 띠는 흉터는 사내의 상반신을 위태롭게 가로지르고 있었다.

"지금은 이 정도의 흉터밖에 남지 않았지만 목숨이 위태로울 정도의 상처였소. 그분의 신묘한 의술은 인간이 흉내 낼 수 없는 놀라운 경지에 있었소."

호야가 몇 번 핥고 마의의 금창약을 바른 것이 전부였다. 그러나 사내의 믿음은 확고했다. 그런 사내의 대답에 만진수의 눈이 반짝였다.

"그곳이 어디요? 장소를 알려주시오."

사내는 만진수의 태도가 미심쩍은지 슬쩍 노려보았다.

"뭣 때문에 그러는지 모르겠지만, 좋은 의도는 아닌 것 같소만?"

사내의 물음에 만진수가 고개를 푹 숙였다.

"나도 내 욕심이 지나치다는 것은 알고 있소. 하나 마동께 꼭 부탁드릴 일이 있어 염치를 무릅쓰고 묻는 것이오."

사실 만진수는 오십을 목전에 두고 있음에도 자식을 보지 못했다. 좋다는 약과 부적에 아들만 낳은 집에서 얻어온 속곳까지 동원했지만 끝내 아이 소식이 없었다. 만진수의 부인은 자신의 죄인 양 고개를 들지 못했다. 만진수는 아이보다 부인이 죄스러워하는 것을 지켜보는 것이 더욱 힘겨웠다.

"도대체 뭘 빌려고 그러는 것이오?"

사내의 물음에 만진수는 잠시 망설였다.

"아이를 점지해 주십사 빌려고 하오."

만진수는 머쓱해져 대답했다.

*   *   *

"마의 의부, 아기는 어떻게 만들어?"

"푸확! 콜록! 콜록!"

설천의 물음에 차를 마시고 있던 마의는 찻물을 뿜어냈다.

바둑을 두고 있던 검마와 독마군도 순간 자신의 귀가 잘못된 건가 싶어 설천에게 고개를 휙 돌렸다.

"뭐… 뭘 만들어?"

검마의 목소리가 떨리고 있었다. 검마는 수많은 적이 목숨을 위협해도 한 방울도 흘리지 않았던 땀이 등줄기로 흘러내리는 것을 느꼈다.

"아기요."

설천은 순진한 눈망울로 검마를 바라보며 물었다.

"갑자기 왜 아기를… 흠! 그건 왜 묻는 거냐?"

독마군의 목소리도 당황과 긴장으로 갈라졌다.

"오늘 어떤 아저씨를 만났는데요, 아기가 필요하대요."

"그걸 왜 너한테 말한 거냐? 혹 너랑 같이 살자던?"

뿜어낸 찻물을 대충 훔쳐 낸 마의가 허둥지둥 물었다.

"아뇨. 그게 아니라 저한테 부탁하는 거래요."

"그러니까 왜 그런다던?"

"몰라요. 저한테 마동이라고 하면서 먹을 걸 줬어요. 그리고 아기를 만들어달래요. 그래서 나는 못하니까 알아봐 준다고 했어요."

"뭐야? 어디서 덜떨어진 게 애한테 뭔 소리를 한 거야?"

대강의 상황이 파악된 검마는 정신을 수습하고 빽 소리를 질렀다. 누군가 오해를 해도 단단히 한 듯싶었다.

"만드는 법 몰라요?"

설천은 의부들의 반응에 실망한 듯 풀이 죽었다.

"흠흠! 아기는 만드는 게 아니다."

세 마두는 살아생전 오늘처럼 당황스러운 날은 처음이었다. 마의가 가장 먼저 정신을 수습하고 마땅한 말을 찾아 고심했다.

"만드는 게 아니에요?"

설천은 만드는 게 아니라는 사실에 실망한 듯 보였다.

"그래, 만드는 게 아니다."

"그럼 나는 어떻게 생긴 거예요? 내가 생겼을 때처럼 하면 되잖아요?"

"그, 그것이……."

세 마두는 어찌 대답해야 될지 고민에 고민을 거듭했다.

"너는 그러니까… 마신께서 우리에게 주고 가신 거다."

검마의 황당한 대답에 두 마두는 검마를 사납게 노려봤다.

'그게 말이 된다고 생각하나?'

'아무리 애라도 그렇지, 그런 말에 속아 넘어갈 것 같나?'

두 마인의 질책이 담긴 사나운 눈초리에 검마의 얼굴에 구멍이 뚫릴 지경이었다.

"아, 그렇구나. 그럼 마신님께 아기를 하나 더 부탁드리면 안 될까요?"

세 마두는 설천의 물음에 꿀 먹은 벙어리처럼 아무 대답도 할 수 없었다.

"그, 그것이… 우리는 너를 받아서 더 이상 할 수 없다."

"그래요? 그럼 다른 방법은 없어요?"

세 마두는 설천에게 부탁했다는 녀석을 잡아다 당장 목을 따고 싶은 충동을 느꼈다.

"우리가 부탁드리는 것보다 그 사람이 직접 하는 것이 효과가 있을 거다."

"왜요?"

"아기는 직접 키울 사람이 부탁해야 생기는 거란다."

마의는 더 이상 뭐라 대답해야 할지 몰라 끙끙거리다가 에라 모르겠다 싶어 되는대로 지껄였다.

"아, 그렇구나. 그럼 그 아저씨한테 마신께 직접 부탁드리라고 할까요?"

'영감! 도대체 어쩌려구 그래!'

'거짓말도 사리에 맞게 좀 하게!'

검마와 독마군의 따가운 눈초리가 마의에게 쏟아졌으나 이미 엎지른 물이었다.

"그전에 아주 중요한 것이 있다."

"그게 뭔데요?"

"내가 만든 약을 먹고 잠자리에 들기 전에 기도하면 아마 마신께서 들어주실 거다."

"정말이요?"

"그래."

"와, 다행이다. 그럼 빨리 약 만들어주세요."

설천은 신이 나서 마의의 손을 붙잡고 연구실로 향했다.

"휴우~!"

"하아~!"

설천이 마의와 함께 사라지자 두 마두는 한숨을 내뱉었다.

"살아생전에 이렇게 진땀나는 경험은 처음이야."

"자네 말에 동의하게 될 줄은 정말 몰랐네."

검마와 독마군은 땀이 맺힌 이마를 훔쳐 냈다. 두 마인은 진땀을 빼느라 한 십 년은 더 늙어 보였다.

일다경 후 마의가 비틀거리는 걸음으로 두 마인에게 돌아
왔다. 마의는 힘이 다 빠진 얼굴로 털썩 자리에 주저앉았다.

"어찌 됐소?"

"휴우~ 약을 만들어 보냈소."

"뭐요? 정말 약을 만들어준 거요?"

검마가 믿을 수 없다는 듯 말했다.

"그럼 그 상황에서 뭘 어쩌겠나?"

마의가 자포자기한 얼굴로 말했다.

"그래도 아무 약이나 지어서 보낸 건 아닐 테고, 도대체 어
떤 약을 만들어준 거요?"

검마가 궁금하다는 듯 물었다. 그러자 생기없이 십 년은 더
늙어 보이던 마의가 심술궂게 웃었다.

"먹으면 아이 하나가 아니라 줄줄이 생길 정도로 정력을
보하는 약을 줬지."

마의의 말에 두 마인은 어이가 없어 웃음을 지을 수밖에 없
었다.

"뭐요? 그런 약도 있었소?"

검마가 실소를 지으며 물었다.

"관에 누운 시체만 아니면 자손을 볼 수 있을 정도로 확실
한 약이니 걱정 마시오."

"효과는 확실하다니 다행이군."

독마군이 지친 얼굴로 말했다.

"이번에 느낀 것인데, 설천이가 너무 세상을 모르는 것 같소. 앞으론 마인들이 모여 있는 마을도 내려가 보라 일러줘야겠소. 그래야 오늘 같은 황당한 일이 없을 것 아니오."

"하긴, 오늘 같은 경험은 다신 하고 싶지 않아."

검마는 다신 생각하고 싶지 않다는 듯 부르르 몸을 떨었다.

第四章
널천, 학관에 가다!

마도
공자

"오늘은 사람들이 많은 곳에 가서 구경이라도 하고 오너라."

　독마군이 설천에게 도시락을 쥐어주며 말했다.

　"사람들이 많은 곳이요?"

　"저쪽 산을 넘어가면 마천문이라는 커다란 문이 있을 게다. 그 문 안에는 많은 마인들이 모여 살고 있지. 오늘은 그곳에서 재미있게 놀다 오거라."

　검마와 마의는 독마군의 말에 걱정스러운 듯 인상을 찡그리고 있었다.

　"잘 다녀올 수 있겠냐?"

"걱정 마세요. 다녀오겠습니다."

설천은 사람들이 많다는 소리에 신이 나서 호야의 등에 타고 봉마곡을 나섰다.

세 마두는 걱정스러운 듯 멀어지는 설천의 모습을 바라봤다.

"괜찮겠소?"

검마가 걱정스럽다는 듯 물었다.

"별일은 없을 것이네. 맹수와 함께 큰 녀석인데 무슨 걱정인가?"

독마군이 담담하게 말했다.

"맹수보다 더 무섭고 사악한 게 사람 아니던가?"

마의도 걱정스러운 듯 말했다.

"그렇다고 언제까지 설천이를 봉마곡에서 썩게 놔둘 수는 없지 않겠소? 세상이 무섭다고 그 아이를 꼭꼭 숨겨놔도 운명이 그 아이를 세상으로 불러낼 것이니."

독마군의 대답에 검마와 마의는 조용히 입을 다물었다. 언젠가 세상으로 나갈 아이라면 지금부터 천천히 세상에 대해 익히는 것이 좋을 것이다.

"우와~! 대단하다."

마인들이 모여 사는 마천문 앞에 당도한 설천은 감탄사를 터뜨렸다.

"사람도 많아! 너희도 신기하지?"

봉마곡에서 지낸 설천의 눈에는 수많은 사람들이 신기해 보였다.

크르르!

사람인 설천의 눈엔 신비하고 새로운 세계였지만 맹수인 호랑이들은 본능적으로 꺼려지는 곳이었다.

"왜? 싫어? 사람들이 많아서 그렇구나. 그럼 저 사람들이 우릴 보지 못하게 하고 구경 가자. 의부가 가르쳐 준 숨는 기술이 있잖아!"

설천은 좋은 것이 생각났다며 손뼉까지 치며 좋아했다.

크앙!

설천의 대답에 호랑이들이 불편한 듯 으르렁거렸다.

"그래도 싫어?"

비록 설천과 함께 자랐지만 야생 호랑이였다. 게다가 의부들의 내공 주입 놀이 덕분에 호랑이들도 알게 모르게 진기를 흡수하여 일반 호랑이보다 배는 컸다. 어마어마한 크기 덕분에 녀석들은 천산의 산신으로 불릴 정도로 야성이 강했다.

"쳇, 할 수 없네. 그럼 구경은 나만 혼자 다녀올게."

설천은 세 마리 호랑이의 목덜미를 토닥여 줬다. 호야는 얌전히 설천이 내릴 수 있도록 몸을 숙였다.

"우와!"

설천이 가장 먼저 향한 곳은 장이었다.

"자! 서역에서 온 진귀한 보석입니다!"

"둘이 먹다 하나가 죽어도 모를 맛있는 경단!"

"싸요, 싸! 골라들 보세요!"

온갖 형형색색의 물건들과 맛있는 냄새와 많은 사람들. 설천은 마치 다른 세계에 온 것 같았다.

'이런 곳이 있었네.'

설천은 월영잠형신법과 빠르기가 번개와 같다는 검마에게 배운 광전보법(光電步法)을을 펼치며 시장 곳곳을 구경했다. 뚱뚱한 사람, 날씬한 사람, 여자, 어린아이, 늙은이, 젊은이와 소, 말, 닭, 개 등 짐승들이 모여 뿜어내는 열기는 설천이 한 번도 경험하지 못한 신세계였다. 어린아이답게 설천은 새로운 세계에 푹 빠져들고 있었다.

"자, 자! 한 푼이 두 푼 되고 두 푼이 닷 푼! 잘 맞추면 두 배!"

설천의 걸음이 멈춰 선 곳은 시정의 야바위꾼 앞이었다.

"꼬마야, 저리 비켜라! 이건 어른들이 하는 거다."

벌써 한 식경째 자신을 빤히 바라보고 있는 설천의 눈동자에 야바위꾼 맹달은 심기가 불편했다.

"하지만, 이거 이상해요."

설천은 고개까지 갸웃거리며 말했다.

"분명 넣었던 주사위랑 나오는 주사위가 달라요. 원래는 같은 게 나와야 하는 거 아닌가요?"

"뭐!"

설천의 말에 지금까지 돈을 잃고 있던 중년인의 눈초리가 날카로워졌다.

"조그만 녀석이 어디서 거짓말을! 네 녀석, 부모는 어디 있느냐? 내가 따져야겠다."

"저는 거짓말하지 않았어요. 그리고 저는 부모가 없어요."

설천의 당당한 대꾸에 야바위꾼이 오히려 당황했다.

"그럼 지금껏 사기를 쳤단 말이야?"

"진정하시죠. 저런 어린 녀석이 뭘 알겠습니까."

"아니요. 어려도 알아요. 처음 주사위랑 나중 주사위는 달라요."

대충 진정되어 가던 흉흉한 분위기가 설천의 말 한마디에 다시 사나워졌다.

"이 조막만 한 녀석이 어디서……."

"거짓말 아니라는 거 보여줄 수 있어요."

"뭣?"

야바위꾼 맹달과 지금까지 신나게 돈을 뜯기던 중년인 둘 다 놀라 멍하니 설천을 바라봤다. 순간 설천은 둘이 알아채지 못할 빠른 속도로 야바위꾼의 손에서 주사위를 뺏어 들었다.

"잘 보세요."

"앗!"

맹달은 순식간에 설천에게 주사위를 뺏기고는 멍했다. 설천은 맹달보다 훨씬 능숙한 손놀림으로 주사위를 섞고 다른 주사위가 나타나게 하는 모습을 중년인에게 보여줬다. 그 손놀림은 평소 독마군이 자주 하는 금나수법이었다.

"저 아저씨가 이렇게 했어요."

설천은 너무도 순진한 눈망울로 중년인에게 말했다. 맹달과 중년인은 턱이 빠져라 놀라고 말았다. 특히나 맹달은 십수 년을 고생해서 얻은 기술이 조막만 한 녀석이 한 번 보고 그대로 따라 하자 어이가 없어 기가 막힐 지경이었다.

"이 새끼가! 어디서 사기를!"

"아이고! 손님! 아닙니다!"

그러나 호구였던 남자는 다른 이유로 기가 막혔다. 그래도 칼깨나 다룬다고 자부하다 이런 교묘한 수에 당했다고 생각하니 열이 올랐던 것이다.

"아니긴 뭐가 아니야! 어린 녀석도 알아보는 저급한 수가 나한테 통할 거라 생각했으면 오산이야. 나 혈광도귀한테 이런 하수한테나 쓰는 수를 쓰다니! 오늘이 네놈 제삿날이다."

"아이고! 살려주십시오! 아닙니다! 오햅니다!"

자신을 혈광도귀라 밝힌 남자는 맹달을 죽을 만큼 밟아주고 돈을 되찾았다.

"꼬마야, 뭐 먹고 싶은 거 없냐?"

맹달을 자근자근 밟아준 혈광도귀(血狂刀鬼) 백중철은 뿌듯한 마음에 설천에게 물었다.

"음, 모르겠어요. 여기서 파는 건 먹어본 적이 없거든요."

설천은 잘 모르겠다는 얼굴로 고개를 저었다. 백중철은 아까의 귀신같은 손놀림과 잘 모르겠다고 고개를 가로젓는 설천의 모습에 의문이 들었지만, 얼마나 가난하면 시장에서 파는 음식을 하나도 모르겠다고 하는 건지 안타까운 마음이 들었다.

"그래? 좋아, 그럼 기분이다! 하나씩 다 먹어보는 건 어떠냐?"

칼에 미쳐 떠돌다가 이제야 정착할 생각으로 고향을 찾은 백중철은 똘망똘망해 보이는 사내아이가 마음에 들었다. 이리저리 떠도는 유랑 생활을 접고 무공 교두로 돌아온 차에 가지고 있는 전 재산을 야바위꾼에게 모조리 털릴 위험에서 구해준 게 바로 설천이었다. 마음에 쏙 드는 게 당연했다.

"이거 한번 먹어봐라."

백중철은 설천의 손에 당과와 과일, 고기 꼬치 등을 잔뜩 쥐어주었다. 그러나 설천은 백중철이 쥐어주는 음식을 빤히 바라보곤 손에 꼭 쥐고만 있었다.

"왜 안 먹는 게냐?"

"저만 먹으면 안 될 것 같아요."

"음? 그럼 누구 또 줄 사람이 있어?"

"네. 의부님들이 계세요."

"의부?"

백중철은 순간 병상에 누운 노인을 떠올렸다.

'어린 녀석이 고생이 많구나.'

"그래? 의부님들 것은 내가 따로 챙겨줄 테니 걱정 말고 먹도록 해라."

"하지만 호야랑 아지랑 지호도 있는데……."

"호야?"

"집에서 같이 살아요. 이만 하고 털이 복슬복슬해요."

설천은 아이답게 두루뭉술한 설명으로 백중철을 혼란에 빠뜨렸다.

'집에서 키우는 개인가 보군.'

"알았다. 호야랑 그리고 또 뭐?"

백중철은 아이가 읊어댔던 이름을 금세 잊어버리고는 다시 물었다.

"아지랑 지호요."

설천이 또박또박 말했다.

'개를 정말 좋아하나 보군. 하긴 아이이니 당연한가?'

"그래, 그 녀석들 몫도 챙겨줄 테니 걱정 말고 먹어라."

설천의 미흡한 설명과 백중철의 지극히 평범한 상상력으로 인해 희대의 세 마두는 병을 앓고 있는 병약한 노인네로, 산신의 현신이라 사람들을 두려움에 떨게 하는 맹수의 왕인 호랑이는 집에서 키우는 개로 전락하고 말았다.

시장통의 음식을 한 가지씩 설천에게 안겨준 백중철은 객

잔에 자리를 잡았다. 백중철은 탁주를 들이켜며 입에 부스러기를 묻히며 열심히 당과를 먹고 있는 설천을 흘끔 바라봤다. 설천 덕분에 사기당한 돈은 되찾았지만 아까 설천의 귀신같은 손놀림은 다시 떠올려 보아도 예사 솜씨가 아니었다. 고절한 무공의 한 수로 여겨질 정도로 빠르고 정확했다.

"흠흠, 아까 말이다."

여러 종류의 알록달록한 음식 보퉁이에 정신이 팔려 있던 설천의 까만 눈이 백중철을 바라봤다. 정말 아무것도 모르는 순진한 어린아이의 눈이라 백중철은 뭔가를 캐내려고 묻는 것 같은 자신의 행동에 왠지 죄를 짓는 것 같았다.

"아까 같은 주사위가 아니라는 걸 어떻게 알았지?"

"너무 느렸거든요."

"느려?"

"우리 집에서는 빨래를 할 때요."

"빨래?"

백중철은 설천의 뜬금없는 대꾸에 잠시 멍했다.

"네, 빨래요."

설천은 아주 중요하는 듯 빨래를 강조했다.

"빨래는 얼룩이 남으면 안 돼요. 그러니까 강약을 잘 조절해서 한 번에 빨아서 말려야 해요."

백중철은 설천의 동문서답에 이맛살을 찡그렸다.

"그 빨래랑 느린 거랑 무슨 상관이냐?"

"빨래는 빨리해야 한다고 의부가 그랬어요. 아까 그 아저씨는 빨래하는 방법을 잘 모르는 것 같아요."

백중철은 점점 더 설천의 말을 이해하기 어려웠다. 그러나 설천의 말은 일견 맞는 말이었다.

세 마두는 탈마의 경지에 이른 무공 고수들이었지만, 그들도 인간이기 때문에 먹고사는 소소한 일을 해야 했다.

그러나 무공의 성취가 높은 그들은 일상생활도 한 번에 할 수 있는 꼼수를 쓰고 있었다. 예를 들면, 불을 피울 때 화섭자 없이 바로 양강지기로 불을 피운다든지 아니면 금나수법으로 한 번에 옷에 묻은 얼룩을 빨아내는 식이었다.

그중에서도 유난히 깔끔을 떠는 독마군은 설천에게 빨래하는 법을 강조하면서 금나수법으로 물에 한 번 담갔다 빼면 얼룩을 없앨 수 있는 법을 전수했다.

"자, 잘 봐라. 빨래란 무릇 강약과 시간 조절이 가장 중요한 법이다."

독마군은 자못 근엄한 얼굴로 말했다.

"세상에서 가장 중요한 것이 입성이다. 어딜 가나 사람은 차림이 중요한 법이니까."

무공 전수라도 하듯 비장한 어투로 독마군은 설천에게 말했다.

"비싼 옷을 입는 것보다 중요한 것은 옷을 깨끗하게 만드는 빨래에 있다. 자, 여기 얼룩이 보이느냐?"

독마군은 설천에게 얼룩이 묻은 빨랫감을 보여주며 말했다.

"뭐요? 그 빌어먹을 빨래에 대한 강론?"

검마는 지나가다 독마군의 비장한 어조와 손에 들린 빨랫감을 보고 빈정거렸다.

"빨래가 얼마나 중요한 것인지 모르는 자는 저리 말할 수 있다! 하나 너는 절대 저리 살지 마라."

"뭐야! 이 노인네가!"

독마군은 빈정거리는 검마를 무시하며 설천에게 말했다.

"단전에서 끌어올린 기를 손으로 흘려보내라. 손으로 흘려보낸 기를 손끝으로 모아서 옷감에 묻은 얼룩을 감싸 물과 기를 융합해 손으로 마찰을 일으킨다고 생각하는 거다."

"제기! 단순하게 빨래하는 걸 가르치는데 뭐가 그리 어려워!"

검마가 옆에서 투덜거렸지만 달리 방해하는 말은 없었다. 검마도 독마군이 가르치는 빨래 방법에 금나수법과 고급 기운용법인 용현심법(龍現心法)이 섞인 묘리라는 것을 눈치챘기 때문이다. 다른 무인들이 보았다면 그 고절한 수법에 입을 딱 벌렸겠지만, 이곳은 봉마곡. 탈마의 경지에 이른 세 마두와 아무것도 모르는 설천만이 살고 있는 곳이기에 그 무공의 뛰어남을 알아볼 자가 없었다.

"잘 안 돼요."

설천은 독마군이 보여준 상급 무학이 담긴 빨래법이 무척 어렵게 느껴졌다.

"당연하지. 빨래는 그리 쉬운 것이 아니거든. 자주 하다 보면 금방 익힐 수 있을 게다."

다른 무인들이 보았다면 말도 안 된다며 펄펄 뛰었겠지만 설천은 독마군의 말에 고개를 끄덕였다.

"알겠어요. 열심히 할게요."

독마군은 기를 흡정하는 것에 남다른 재주를 가진 설천이었으나, 기를 운용하는 것은 힘들 것이라 생각했다. 그래서 심법인 용현심법으로 기를 다스릴 수 있도록 가르친 것이었다.

"구렁이영감, 설천이가 얼마나 빨리 터득할까?"

검마는 독마군에게 설천이 얼마나 빨리 심법과 금나수법을 터득하게 될지 물었다.

"글쎄, 아이의 성취가 뛰어나다는 것은 잘 알고 있지? 그러니 나머지는 설천이에게 맡기는 수밖에."

"흥! 누가 그 수작을 모를 줄 알고?"

독마군이 설천에게 무엇을 가르치려는지 궁금해 주변을 서성거리던 마의가 빈정거리는 투로 말했다.

"뭘 말이냐?"

"아이의 놀라운 자질을 알고 나니 가르쳐 보고 싶었던 것이 아니냐?"

마의의 지적에 독마군은 뜨끔했지만 시치미를 뗐다.

"헛소리! 세상 살면서 가장 중요한 것이 차림새라는 걸 모르나? 차림새의 기본은 빨래! 때문에 빨래 기술을 알려준 것뿐이야!"

독마군은 최대한 변명을 했지만 그 놀라운 경지의 빨래하는 법(?)을 알고 있는 검마와 마의는 어이없다는 눈으로 바라봤다.

"그게 고작 빨래하는 법이라고? 언제부터 빨래에 상승 무학이 담기기 시작했지? 내가 모르는 사이에 빨래터 아낙들이 초절정고수라도 되었단 말이야? 그리 스리슬쩍 무공을 알려주면서 제자로 삼으려는 수작을 누가 모를 줄 알고?"

검마가 한껏 비웃음을 담아 독마군에게 빈정거렸다.

"흥! 나는 단순히 빨래하는 법을 알려준 것뿐이야. 그렇지, 설천아?"

독마군은 두 마두에게 말로 이기기 힘들어지자 설천에게 도움을 요청했다.

"응, 그래요. 하지만 잘 모르겠어요."

설천은 빨랫감을 부여잡고 고민하다가 독마군의 말에 대충 대꾸했다.

"그리 엉성하게 가르쳤으니 그렇지. 이리 앉아봐라."

마의는 설천에게 가부좌를 틀고 앉으라고 손짓했다.

"지금부터 내가 빨래하는 방법을 좀 더 쉽게 알게 해줄 테니 말하거나 움직이지 말아야 한다. 알겠지?"

마의는 설천의 등에 손을 대고 기를 움직이기 시작했다. 단전에서 기를 움직여 소주천을 시키고 팔로 기를 보내는 방법을 직접 느낄 수 있도록 해주었다.

"뭐야? 나보고 치사하게 가르쳐 보려고 꼼수를 부린다더니 더하는 건 그쪽이로군."

독마군은 소주천을 끝내고 자리를 털고 일어서는 마의에게 쏘아붙였다.

"누가 치사하게 가르친다고 했나! 그리고 난 설천이가 물어봐서 알려준 것뿐이야! 그래, 이제 조금 알겠니?"

마의는 허둥지둥 설천이에게 말을 돌리며 물었다.

"네. 이제 잘할 수 있을 것 같아요."

설천이가 빙긋 웃으며 말했다.

독마군의 특별한 빨래 강론과 기 운용을 알려주기 위해 직접 소주천까지 시행해 준 마의의 노력이 헛되지 않았는지 설천의 빨래하는 법은 일취월장했다. 그 발전 속도가 워낙 놀라워 세 마두조차 입이 떡 벌어질 정도였다.

처음 며칠은 설천도 머리를 싸매고 끙끙거렸다.

"음, 단전에서 각각의 혈로 기를 보낸 후에 손에서 기를 꺼낸다고?"

설천은 마의가 소주천을 시켜주며 알려줬던 혈로 기를 움직여 봤다. 온몸의 혈로 흡기하는 설천이기에 기를 움직이는 것은 쉬웠다. 그러나 몸 안의 기를 유형화시켜 물리적인 힘으로 변환하는 것은 힘들었다.

설천이 이루려는 것은 절정에 이른 고수들도 힘들다는 기의 유형화였다. 기의 유형화를 깨달으면 검기나 검강의 시전이 가능하기에 상승의 고수로 가는 초석이라 할 수 있었다.

물론 설천이 독마군의 가르침을 깨달아 기를 유형화시킨다고 바로 검에서 검기를 만들어낼 수는 없었다. 그럼에도 독마군은 설천의 뛰어난 재능과 적응력(?)을 높게 평가해 가르침을 줬던 것이다.

"아마 당장 기의 유형화는 힘들겠지. 하지만 기 운용법은 놀라울 정도로 능숙해지고 있어."

독마군은 뿌듯한 마음으로 설천의 변화를 지켜봤다. 그러나 정작 본인인 설천은 당장 기의 유형화가 이뤄지지 않자 끙끙거리며 고민을 거듭했다.

"의부들은 쉽게 하는데 왜 나는 안 되는 거지?"

설천은 자신의 세 의부가 비범하다는 사실(?)을 모르고 고민에 잠겼다.

"빨래에 사용할 기는 네 것이 아니냐?"

끙끙거리는 설천을 보다 못한 검마가 슬쩍 물었다.

"네?"

"왜 몸 안에서는 자유자재로 잘도 움직이던 기를 손끝에서

다 날려 버리는 거냐?"

검마는 직접 설천에게 문제점을 알려주고 싶었다. 기껏 모아놓은 기를 속절없이 사라지게 만드는 모습에 당장 해결법을 알려주고 싶어 조바심이 났다.

'제기! 모르는 걸 바로 알려주면 어디 덧나나?'

설천이 어려워하는 점은 몸 안의 기를 외부로 발출하면 별개의 기로 인식해 통제가 불가능해진다는 것이었다. 그래서 직접 그것에 대한 답을 알려주고 싶었다. 그러나 독마군이 반대하고 나섰다.

"깨달음은 직접 얻도록 해야 하오."

"알기만 하면 됐지, 알려주는 게 무슨 대수요?"

"당장 알려주는 것이 쉽고 빠른 방법이겠지만, 앞으로 그 아이가 발전하려면 스스로 깨달을 수 있게 해줘야 하오."

"까다롭기는……."

독마군의 말에 툴툴거리긴 했으나 옳은 말이었기에 검마는 직접 답을 알려주기보다는 슬쩍 실마리를 제공했다.

"팔, 다리처럼 기를 움직인다고 생각해 봐라."

검마의 말에 설천이 고개를 갸우뚱했다.

"하지만 지금은 제 기를 밖으로 꺼내는 건데요?"

"답답하긴. 중요한 것은 기를 꺼내는 것이 아니다. 밖으로 움직이는 기가 네 것이 아니라고 생각하지 말고 팔이 하나 더 생긴다고 생각하는 거다."

검마의 말에 설천이 생각에 잠겼다. 그동안은 외부로 기를 꺼낸다는 생각으로 기를 움직였더니 기가 흩어져 버렸다.

"팔이 하나 더 생긴다?"

설천은 검마의 말에 생각을 집중하고 손끝으로 기를 흘려보냈다. 손끝으로 흘러내린 기의 흐름은 설천이 들고 있던 빨랫감으로 스며들었다. 설천이 손을 움직였다. 마치 보이지 않는 여러 개의 손이 빨래를 하고 있는 것처럼 엄청난 빠르기였다.

"됐다!"

설천은 기뻐하며 하얗게 빛이 나는 옷을 치켜들었다.

"이제 된다고 의부님들한테 알려 드려야겠다."

설천은 빙그레 웃으며 뿌듯한 얼굴로 깨끗하게 빤 옷을 바라봤다.

"어때요?"

깨끗하다 못해 주름 하나 없는 빨래를 보고 검마와 독마군, 마의는 할 말을 잃었다. 이런 걸 청출어람이라 했던가? 설천이 하도 끙끙거리기에 몇 마디 조언을 했던 검마도 꿀 먹은 벙어리가 되어버렸다.

귀신같은 기 운용과 금나수법으로 깔끔하게 세탁된 빨랫감 앞에서 세 마두는 결과를 믿을 수 없어 혼이 나갔다. 독마군의 빨래하는 법을 능가하는 설천이었으니 야바위꾼의 손동작은 하품이 나올 정도로 느려 보일 수밖에 없었다.

"그럼 빨리하는 빨래법 때문에 알아봤다는 거냐?"

"네."

백중철은 아이한테 뭔가 알아내려 한 자신이 한심하게 느껴졌다. 그럼에도 설천이 뭔가 비범해 보인다는 사실에는 변함이 없었다.

"너, 나이가 몇이냐?"

백중철의 말에 설천이 눈을 깜빡였다.

"나이요?"

설천은 자신의 나이를 모른다. 세 마두 중 누구 하나 설천에게 말해준 적이 없었기 때문이다.

"호야랑 아지랑 같아요."

한참을 고민한 설천이 답했다.

'개랑 같은 나이라? 개가 오래 살던가? 뭐, 많아봤자 열 살 정도겠지.'

"끄응~ 그럼 아직 학관에 다닌 적이 없겠구나."

집에서 키우는 개랑 같은 나이라 그리 많을 것 같진 않았다. 그저 학관에 다닐 나이 정도로 보이는 외형에 설천이 다섯 살이라곤 생각지도 않았다.

"학관이요? 그게 뭐예요?"

백중철은 점점 설천의 물음에 기가 찰 지경이었다. 어떤 의부들이 키웠기에 학관도 모르는 걸까?

"흠, 너랑 비슷한 또래의 아이들이 글과 무공을 수련하는 곳이지. 어떠냐? 다니고 싶냐?"

백중철은 이번에 학관의 삼급 무공 교두로 채용된 차였다. 그래서 설천의 형편이 어려워도 자신이 학비를 대줄 요량으로 물었다.

"하지만 의부님들께 여쭤봐야 할 것 같아요."

설천의 망설임에 백중철은 희미한 미소를 지었다. 소탈한 설천이 마음에 든 것이다.

"그래, 그럼 의부들께서 허락하시면 중정학관 무공 교두 백중철을 찾아오너라."

천마신교의 교육 체계는 학관에서 시작되었다. 강함을 추구하는 천마신교답게 대여섯 살 때부터 마인이 되기 위한 교육이 시작되는 것이다. 천산에는 열 개의 명문 학관이 있었는데, 학관의 수준은 어느 학관이 더 좋은 마림원에 아이들을 입학 시키는지에 있었다.

마림원은 학관 다음의 단계의 교육기관으로, 오 년 정도의 교육 기간 동안 아이들을 좀 더 체계적으로 가르친다. 마림원을 졸업한 아이들은 자신이 졸업한 마림원의 명성과 그곳에서의 성적으로 최종 교육기관인 마입관에 지원하게 된다.

마입관은 모든 천마신교인의 선망인 최종 교육기관으로 아무나 입교할 수 없는 곳이었다. 마입관을 졸업한 대부분의 학생들이 천마신교의 주요 수뇌부에서 일하고 있으니 모두가 꿈꿀 만한 곳이기도 했다.

* * *

"학관이라……."

"흠."

"끙."

세 마인은 설천의 말에 모두 고심하는 표정이 역력했다.

"굳이 학관 같은 데 보내지 않아도 우리가 가르치면 될 일 아닌가?"

속편한 검마가 가장 먼저 의견을 내놓았다.

"옳은 말이기는 하나……."

검마와 사이가 좋지 못한 독마군이 말끝을 흐렸다.

"문제는 저 녀석은 강호로 나가야 할 녀석이니 세상을 알아둬야 한다는 것이겠지."

세 마인은 씁쓸했다. 세상엔 피도 눈물도 없는 사악한 마인이라 불리는 사람들이지만, 설천을 자신의 자식처럼 여겼기 때문이다.

"세상을 배우려면 학관에 다니는 것이 좋겠지."

설천은 의부들의 결정에 뛸 듯이 기뻤다. 물론 의부들과 호야들과 보내는 시간도 좋았지만, 새롭게 접한 세계가 신기하고 재미있었기 때문이다.

"그래, 무슨 학관이라 했지?"

"중정학관이요."

"중정학관이라? 혹 들어본 적 있냐?"

독마군이 검마에게 물었다. 약과 책에 미쳐 연구에만 매진하던 자신들보다 검마는 강호 경험이 풍부했다. 그러나 학관이나 교육 체계에 도통 관심이 없었던 검마이기에 생소하게 여겨질 수밖에 없었다.

"글쎄, 워낙에 학관이 많다 보니 잘 모르겠군."

"뭐, 애들이 다니는 학관이 수준 차이 나봤자지. 중요한 것은 마입관에 입교할 수 있느냐 하는 것 아니겠어?"

마의의 한마디에 검마와 독마군은 고개를 끄덕였다.

상경부 검학로는 열 개의 명문학관이 자리 잡은 거리다. 설천이 입교하기로 한 중정학관은 검학로에서 그 열 개 학관보다 조금 수준이 떨어지는 중상 정도의 학관으로 평가되었다.

명문 학관들 사이에 위치한 중정학관의 학생들은 다른 학관의 학생들에게 자주 괴롭힘을 당했다. 비록 지금은 중상 정도의 학관으로 취급을 받았지만, 그 전통만은 열 개의 명문학관에 비해 손색이 없었다.

그럼에도 마림원에 입교시킨 학생 수가 손으로 꼽을 정도로 적어지자 주위의 명문 학관에게 은근한 무시와 핍박을 받고 있었던 것이다.

"이런 병신 같은 것들!"

백중철은 눈탱이가 밤탱이가 되어 들어온 학관 학생들에게 불같이 화가 났다.

무공 교두로 불철주야 학생들을 가르쳤건만 다른 학관 녀석들에게 묵사발이 되었다는 것에 자존심이 상한 탓이다.

"아이들이니 주먹다짐도 할 수 있겠지만, 날이 갈수록 심해지니 문제로군요."

중정학관의 학장인 탁문수는 대인의 풍모와 아이들에 대한 믿음을 가진 사람이었다. 아이들의 교육은 강제로 이루어지는 것이 아니며, 아이들은 뛰어놀며 튼튼한 몸을 가지는 것이 가장 중요하다 여기는 사람이었다. 그러나 그런 교육관 탓에 학관은 점점 쇄락의 길을 걷고 있었다.

"아이들 일도 문제지만, 학업 성취를 끌어올리기 위해선 보충 수업과 집중 교육이 필요합니다. 이런 불미스러운 일도 다 저희 학관의 수준을 낮게 보아 벌어진 일이라 생각됩니다."

문과를 담당하고 있는 최 서생이 열을 올리며 탁문수에게 말했다.

"하나 아직 아이들 아닙니까?"

"명문 마림원에 입교하지 못하면 아이들의 삶이 어려워지는 겁니다."

"삶이고 뭐고 이렇게 다른 학관 녀석들에게 무시당하는 것

자체를 참을 수 없습니다."

다혈질인 백중철은 콧김을 씩씩거리며 말했다.

"오늘부터 아이들에게 집중 수업을 실시하고 싶습니다. 허락해 주십시오."

사람 좋은 탁문수는 열의에 불타는 선생들의 모습에 고개를 끄덕였다.

"알겠습니다. 그렇지만 아이들이 원하지 않는다면 바로 그만두는 겁니다."

탁문수의 말에 선생들은 고개를 끄덕였지만 백중철의 눈에는 불길이 솟아오르고 있었다.

"아야!"

"낑! 낑!"

"그것밖에 못하나? 마보 다시 준비!"

무공 교두 백중철의 호통에 아이들은 이를 사리물고 자세를 바로잡았다. 아이들의 얼굴엔 비장함이 묻어났다. 그러나 얼룩덜룩한 멍 자국이 자리 잡은 얼굴이 일견 우스워 보이기도 했다.

"남에게 무시당하지 않으려면 힘이 있어야 하는 거다! 또 입마학관 녀석들에게 당하고 싶지 않으면 강해지는 거다!"

백중철은 자신도 모르게 울컥해져 아이들에게 소리쳤다. 아이들에게 이리 말하는 자신의 삶 또한 고난의 연속이었기 때문이다. 제대로 된 학관은 고사하고 먹고살기도 힘들었던 집안 형편 때문에 이리저리 떠돌며 어깨너머로 무공을 배우며 살았던 시절의 설움을 이 조막만 한 것들이 똑같이 당한다고 생각하니 열불이 치솟았던 것이다.

사실 백중철은 무공 교두라는 지위를 단순히 호구지책으로 생각했다. 아이들을 좋아하는 것도 아니고 교육에 뜻이 있었던 것도 아니다. 그러나 장에서 만난 설천 덕분에 아이들에게 흥미가 생겼고, 흥미는 아이들에 대한 애정으로 바뀐 것이다. 게다가 자신이 가르친 아이들이 맞고 왔다는 사실에 그는 분노하고 있었던 것이다.

"백 교두님, 손님이 왔습니다."

아이들의 무공 지도에 열을 올리고 있을 때 시동 하나가 손님이 왔음을 알렸다.

"손님?"

백중철은 의아했다. 부모형제 하나 없는 자신에게 찾아올 손님 따위는 없었기 때문이다.

"알았다."

학관의 접객당에 들어선 백중철은 설천의 작은 인영을 발견했다. 어린아이답게 작은 체구였지만 접객당의 큰 의자에 앉아 차를 홀짝이는 모습이 너무나 당당했다.

'어라? 저 녀석이군.'

설천은 조금도 주눅 들지 않고 차를 홀짝이며 당과를 와작 와작 씹고 있었다. 백중철은 너무도 설천다운 모습에 빙긋 웃음을 흘렸다. 아이라면 질색이지만 처음으로 호기심과 흥미를 가졌다. 게다가 저 아이는 남들과 다른 무언가가 있었다.

"안녕하세요."

설천은 백중철을 발견하곤 찻잔을 내려놓고 의자에서 훌쩍 뛰어내려 고개를 꾸벅 숙이며 인사했다.

"그래, 왔구나. 결정은 했느냐?"

"네. 다니고 싶어요. 의부님들도 허락해 주셨어요."

"좋다. 당장 지금부터 배우도록 하자."

"네. 우선 이거부터 받으세요."

설천은 백중철에게 보퉁이를 내밀었다.

"이게 뭐냐?"

"의부님이 학관비라 하셨어요."

백중철은 꼬질꼬질한 보자기를 바라봤다. 기껏해야 도라지 몇 뿌리나 감자 몇 덩이일 게 분명하다. 그래도 받아주는 것이 오히려 마음 편할 것이라 여겨 백중철은 두말없이 받아들었다.

"알았다. 고맙다고 전하고 오늘부터 열심히 수련하거라. 우선은 옷부터 무복으로 갈아입어라."

"네."

설천은 검은색의 무복으로 갈아입고 무공 수련장으로 백중철을 따라 걸음을 옮겼다.

"으윽!"

"으~"

설천과 백중철이 도착한 곳엔 이삼십 명의 아이가 마보를 수련하고 있었다. 하체를 단련하는 기본자세인 마보는 꾸준히 연습하면 근육을 강화하고 체력을 키울 수 있지만, 장시간 수련하기엔 아직 아이들이 너무 어렸다. 그럼에도 아이들은 불평없이 진지하게 수련하고 있었다.

"자, 너도 저 아이들과 함께 수련하도록 해라."

백중철은 설천의 등을 밀며 말했다.

"이건 무슨 수련인가요?"

설천은 궁금한 듯 물었다. 백중철은 아이들이 묻기 시작하면 끝이 없다는 것을 알고 있었기에 간단하게 대답하기로 했다.

"다리를 튼튼하게 하는 훈련이다."

"다리가 튼튼하면 좋은 건가요?"

설천의 의문이 담긴 물음에 백중철이 대답했다.

"그래. 이 훈련을 하면 다리가 튼튼해지고, 그만큼 안정적인 무공을 펼칠 수 있다."

"그렇구나. 그럼 저도 이 훈련을 많이 하면 튼튼해지는 건가요?"

설천은 백중철의 대답에 크게 감동한 듯 보였다. 그러나 백중철은 아이들이 한번 묻기 시작하면 끝없이 묻는 것을 기억하고 얼른 설천을 아이들 속으로 밀었다.

"그러니 너도 가서 함께하도록 해라."

"네."

설천은 순순히 대답하고, 부들부들 떨면서 이를 앙다물고 훈련을 하고 있는 아이 옆에 서서 마보를 시작했다.

'응?'

백중철은 아이들의 자세를 교정해 주며 돌아다니다가 설천의 모습에 고개를 갸웃거렸다. 설천은 분명 마보 자세를 유지하고 있었다. 그러나 너무나 편안해 보이는 모습에 마보를 수련하고 있는 건지 그냥 편안하게 서 있는 것인지 의문이 생길 정도였다.

"너, 힘들지 않냐?"

"네."

설천은 너무도 담담하게 대답했다. 설천의 옆에 선 아이는 온몸을 부들부들 떨며 지금 당장에라도 쓰러질 듯 휘청거렸다. 백중철은 설천의 비범한 능력이 발휘되고 있음을 눈치챘다.

'그렇단 말이지.'

"그럼, 다른 훈련도 해보자."

"어떤 훈련인데요?"

설천의 너무도 순진한 목소리에 백중철은 골려주고 싶은 마음과 시험해 보고 싶은 마음이 동시에 들었다.

"마보를 계속 유지하면서 내 공격을 피하는 거다."

백중철은 자신이 말하면서도 말도 안 된다는 것을 알고 있었다. 어린 아이한테 공격을 피하면서 마보 자세를 유지하라는 건 어불성설(語不成說)이었다. 그러나 순진하게도 설천은 그 말에 고개를 끄덕였다.

"그러면 더 빨리 튼튼해지는 건가요?"

백중철은 아무것도 모른다는 순진한 눈망울에 왠지 모르게 양심의 가책을 느꼈다. 그러나 이런 것도 다 세상 경험이라는 생각에 결심을 굳혔다.

"그래. 자, 그럼 시작한다."

백중철은 가볍게 설천의 발을 걸어챘다.

'어라! 이놈 봐라?'

그러나 설천은 가벼운 몸놀림으로 백중철의 발을 깡충 뛰어넘고 마보 자세 그대로 바닥에 안정적으로 내려섰다. 가볍고 안정적인 몸놀림이었다.

백중철은 신기한 생각과 함께 오기가 발동하기 시작했다.

'이 정도는 가볍게 피할 수 있다 이건가?'

슉! 슉!

백중철의 발이 빠르게 설천의 다리를 공격했다. 그때마다 설천은 아이답지 않은 빠른 몸놀림으로 폴짝폴짝 피했다.

'이것 봐라?'

백중철은 하체만을 공격하던 것에서 손을 쓰면서 상하좌

우를 짓쳐들어 가며 공격했다. 그러나 설천은 너무도 여유롭게 공격을 피하면서도 마보 자세가 조금도 흐트러지지 않았다.

'역시 이놈은 뭔가 숨기고 있는 게 있어.'

백중철의 두 눈이 빛났다. 더불어 그의 공격이 점점 더 빨라지기 시작했다.

"우와!"

"대단하다!"

설천을 사정없이 몰아치던 백중철이 정신을 차린 것은 아이들의 감탄 어린 목소리 때문이었다. 마보 자세로 수련하던 아이들도 어느새 백중철과 설천의 모습에 홀려 훈련은 모두 뒷전이었다.

'아차! 아이를 상대로 이 무슨…….'

"수고했다. 앞으로 더 열심히 하거라. 자, 다들 오늘 훈련은 여기까지다."

백중철은 부끄러운 생각에 허둥지둥 설천을 칭찬하고 훈련을 끝마쳤다. 그러나 설천이 보여준 놀라운 신위는 뇌리에서 사라지지 않았다.

"너는 남도록 해라. 학관 입학 서류를 아직 작성하지 않았다."

"서류요? 그걸 써야 여기 다닐 수 있는 건가요?"

"그래. 그리고 학관의 가장 웃어른께 인사를 드려야지."

백중철은 설천을 붙잡고 묻고 싶은 것이 너무도 많았기에 이것저것 핑계를 대고 설천을 잡았다.

　"아, 네. 알겠어요."

　설천은 두말없이 백중철의 말에 고개를 끄덕였다.

　'어떻게 물어야 이 녀석이 순순히 대답할까?'

　백중철은 설천을 어떻게 구슬려야 할지 고민 중이었다. 설천의 비밀을 캐기 위해 아이들이 좋아하는 주전부리를 쥐어 주고 마주 앉자 뭘 어찌 물어야 할지 막막했다. 저번에 물었던 것에 동문서답한 경험도 있고 해서 여간 고민스러운 것이 아니었다.

　'우선은 쉬운 것부터 물어보자.'

　"그래, 네 이름이 설천이라 했던가?"

　백중철은 기억을 더듬어 설천의 이름부터 물었다.

　"네, 마설천이에요."

　과일 꼬치를 먹던 설천은 백중철의 물음에 차분하게 대꾸했다.

　"집은 어디 있니?"

　"집이요? 집은 천산에 있어요."

　백중철은 머리가 지끈거렸다. 천산에 마인들이 모두 모여 살고 있으니 당연한 대답이었다.

　"그래, 우리 모두 천산에 살고 있지. 더 자세하게 말해서 경부에 살고 있니?"

경부는 하류 마인들이 살고 있는 빈민촌이었다. 남루해 보이는 설천의 모습에 백중철은 지레짐작으로 물었다.

"아니오."

설천은 고개를 살래살래 저었다.

"그럼, 중경?"

중경은 일반 마인들의 거주지다.

"아뇨."

이번에도 설천은 고개를 저었다.

"상경부에 살고 있는 게냐?"

"아뇨."

백중철은 속이 터질 지경이었다. 지도층이 밀집한 상경부도 아니면 도대체 어디에 살고 있단 말인가.

"그럼 대체 어디에 집이 있는 것이냐?"

"여기서 조금 멀어요."

"그럼, 마천문 안에 사는 것이 아니란 말이냐?"

마천문은 마인들이 모여 살고 있는 도시를 지칭하는 말이자 도시의 입구에 있는 가장 큰 문의 이름이었다.

"마천문? 아, 그 커다란 문이 마천문이죠? 네, 저는 마천문 밖에서 살아요."

백중철은 속이 탔다. 여러 가지를 물었으나 알아낸 것은 쓸모없는 것뿐이다.

"그럼, 무공은 누구에게 배운 것이냐?"

"무공이요? 그런 거 배운 적 없는데요."

설천은 아무것도 모른다는 얼굴로 대답했다.

"무공을 모른다고? 그럼 그 몸놀림은 어디서 배운 거냐?"

백중철은 이제 아예 심문 나온 포교처럼 묻고 있었다.

"몸놀림이요? 어떤 거요?"

"왜 그 있잖냐. 아까 내 공격을 피하면서 폴짝폴짝 뛴 거 말이다."

백중철은 설천에게 질문하는 것에 너무 심취한 나머지 학장인 탁문수가 다가온 것도 모르고 있었다.

"백 교두, 오늘 온 새로운 학생이 그 아이입니까?"

설천에게 질문을 하느라 여념이 없던 백중철은 탁문수의 목소리에 꽁지에 불이라도 붙은 듯 후다닥 일어섰다.

"학장님!"

탁문수는 백중철이 설천에게 지대한 관심이 있다는 것을 눈치챘다. 그리고 오늘 훈련 모습도 지켜보았다. 놀랄 정도의 몸놀림에 탁문수도 의문이 들었지만, 아이는 자신의 능력을 잘 모르는 듯했다. 그렇다면 그것을 굳이 밝힐 필요는 없을 것이다. 다만 그 능력을 더 북돋아주는 것이 교육자의 사명이기 때문이다.

"그래, 오늘 수업은 마음에 들었니?"

"네. 아주 재미있었어요."

설천이 활짝 웃으며 답했다. 탁문수는 설천의 대답에 흐뭇하게 웃으며 고개를 끄덕였다.

"그럼 정식으로 입관 서류를 작성해야겠구나."

백중철이 설천에게 질문하느라 엉망이 된 입관 서류를 탁
문수가 흘끗 바라보며 말했다.

"이… 이건……."

백중철은 자신이 설천의 비밀을 알아내기 위해 심문하듯
물었던 것을 들킨 것이 부끄러웠다. 아무리 나이가 어려도 설
천은 자신이 곤란할 때 도와준 은인이 아니던가.

탁문수는 설천과 대화를 나누면서 입관 서류를 작성했다.

"그래, 천산에 살고 있다고?"

"네."

"천산은 넓단다. 넓은 천산 중에서도 어디 사는지 말해줄
수 있겠니?"

"음, 제가 사는 곳에는 무지 맑은 샘이 있어요."

"맑은 샘이라……. 그럼 청천골이라 하면 되겠어."

탁문수는 철저히 설천의 눈높이에 맞춰 서류를 작성했다.
그렇게 세 명의 마두가 모여 살고 있는 봉마곡이 청천골로 탈
바꿈하는 순간이었다.

"그리고 학관비는……."

"그 아이 학관비는 제가 내겠습니다."

백중철이 대답했다.

"안 돼요. 아까 드린 걸로 꼭 학관비를 내라고 의부님이 그

러셨어요."

백중철의 말에 설천이 반대하고 나섰다.

"설천아, 하지만 그걸로는 안 된다. 그러나 학관비 걱정은 말아라. 내가 내줄 테니."

백중철은 설천이 돈으로 인해 상처를 받지 않을까 싶어 말했다.

"그걸로 안 돼요? 하지만 의부님들은 학관비가 되고도 남을 것이라 하시던데요."

'멍청한 노인네들.'

백중철은 속으로 설천의 의부라는 작자들을 욕했다. 아무리 중상 정도의 학관이라도 이곳은 상경부에 자리 잡은 학관. 한 달 학비만 해도 은자 한 냥이 넘었다.

"설천이가 학비를 냈소?"

탁문수가 백중철에게 물었다.

"네. 하나……."

"그럼 확인해 보는 게 어떻겠소?"

탁문수의 희미한 미소 띤 얼굴에 백중철은 난감함을 느꼈다. 학장의 말에 대놓고 안 된다 말할 수도 없어서 설천이 내밀었던 남루한 보따리를 꺼내 들었다.

덜컥!

탁자 위에 내려놓자 둔탁한 소리가 났다. 설천은 또랑또랑한 눈으로 보퉁이를 바라보고 있었다.

'조금 값나가는 광석 몇 개 싸준 모양이군.'

백중철은 내키지 않는 손놀림으로 보따리를 풀었다.

"헉!"

"으음!"

백중철과 탁문수는 둘 다 놀란 얼굴로 허름한 보퉁이에 싸인 물건을 바라봤다.

"혹 부족한가요?"

설천은 걱정스런 얼굴로 물었다. 그러나 백중철과 탁문수는 둘 다 하얗게 질린 얼굴로 설천을 바라봤다. 허름한 보퉁이에 싸인 물건은 야명주였다. 황실에서도 구하기 힘들다는 어른 주먹만 한 야명주가 보따리에 들어 있었으니 둘 다 놀랄 수밖에 없었다.

"아니다. 의부들께서 너무 귀한 걸 주신 것 같구나. 이건 다시 가져가는 것이 어떻겠느냐?"

탁문수는 보따리를 다시 묶어 설천의 손에 쥐어주었다.

"네, 알겠어요. 그럼 말씀드리고 다른 것으로 받아올게요. 그럼 내일 뵙겠습니다."

설천은 허름한 보따리를 챙겨 들고 학관을 나섰다.

"백 교두, 도대체 저 아인 누구요?"

탁문수는 떨리는 목소리로 물었다.

"저도 잘 모르겠습니다."

백중철도 흥분한 목소리로 대답했다.

"저 아이는 분명 우리 학관에, 아니, 상경부 전체에 파란을 몰고 올지도 모르겠소."

탁문수는 자박자박 멀어지는 설천의 모습에 앞으로 다가올 일이 걱정되면서 한편으론 흥분되기도 했다.

第五章
설천, 대장이 되다!

마도
공자

"벌써 몇 명째지?"

"면목없습니다, 총사."

천마신교의 수사당 총사 풍비호는 요즘 정체불명의 영아 사망 사건으로 골머리를 썩고 있었다.

"돌림병도 분명 아니야. 남자아이만 죽는 돌림병은 들어본 적도 없어. 그렇다는 것은 필시 누군가 남자아이만 골라 죽이고 있다는 것인데, 아직 그 꼬리조차 잡지 못하고 있는 것이 아닌가?"

일 년 전부터 남자아이가 죽는 일이 잦아졌다. 처음엔 그저 우연하게 넘겼던 것이 이제 도성 안에 남자아이를 찾아보기 어려울 정도였다. 수사당 안에서 조사를 지시한 것도 벌써 반 년이 넘어가고 있었다.

"다른 단주들이 우리 수사당의 능력을 의심하기 시작했네. 언제까지 이리 지지부진한 모습만을 보일 셈인가?"

풍비호의 조용한 질책에 수사당 조장 대막심은 등줄기로 식은땀이 흘렀다. 풍비호의 잔인한 성격은 조용한 꾸짖음에 서부터 시작된다는 것을 익히 알고 있었기 때문이다.

"수사가 진척이 없으면 책임지고 다른 방도를 찾아야 할 것이 아닌가?"

풍비호의 조용한 물음에 대막심은 잠시 어리둥절해졌다.

"소장 어리석어 총사님의 혜안을 알려주셨으면 합니다."

"범인이 노리는 것이 남자아이라 하지 않았나? 내 알기론 자네에게 어린 아들이 있었지."

대막심은 심장이 철렁 내려앉았다. 풍비호는 대막심을 잡아먹을 듯 날카로운 눈초리로 바라봤다.

"차라리 소장을 죽여주십시오. 그 어린것을 이용할 수는 없습니다."

대막심은 머리를 쿵쿵 바닥에 박으며 울먹였다.

"사건을 해결하지 못하면 자네 처자식은 어차피 죽은 목숨 이야. 잘 생각해 보게."

대막심은 반쯤 얼이 빠져 물러났다. 수사를 하다 보면 별별 상황에 직면하게 된다. 그러나 자신의 가족과는 무관하다 생각했는데, 풍비호는 자신의 가족까지 이용하라 종용하고 있었다. 아들을 미끼로 사용해서 함정수사라니 대막심은 눈앞이 깜깜해졌다.

혼이 나간 대막심은 멍하니 집으로 향했다.

"일찍 오셨네요?"

대막심의 아내는 얼이 반쯤 빠진 남편을 반기며 맞았다.

"응. 영이는 자나?"

"네. 오늘 열이 있어서 칭얼거리다가 좀 전에 잠들었어요."

대막심은 아내의 대답에 조용히 일어서 아들이 잠든 방으로 향했다. 평화롭게 잠든 아들의 얼굴을 보자 대막심은 아들을 지켜줄 수 없는 자신의 처지가 한심하게 느껴졌다.

"못난 아비를 만나 네가 이런 취급을 받는구나."

그러나 자신은 수사당의 수사 조장이었고, 이것은 임무였다. 천마신교의 마인은 무엇보다 교의 임무를 우선시해야 한다. 그것이 바로 절대불변의 천마신교의 교칙이었다.

"여보, 왜 영이를 안고 있어요?"

대막심의 아내는 잠이 든 아이를 안고 있는 대막심을 불안한 눈으로 바라봤다.

"함정수사가 지시됐어. 영이가 그 일에서 중요한 일을 수행하게 될 거야."

"뭐라구요?! 영이는 아직 어린아이예요. 그 아이가 뭘 할 수 있다고 그러세요."

경악으로 커진 아내의 목소리에 대막심은 잠시 마음이 흔들렸다.

'이대로 임무를 포기하고 도망쳐 버릴까?'

그러나 대막심은 고개를 저었다. 모든 것에 철두철미한 풍비호가 대막심의 마음이 변해 도주할 것을 고려하지 않았을 리 없다.

"함정수사라뇨? 설마 영이를 미끼로 쓰려는 건 아니죠?"

대막심의 아내는 울면서 대막심에게 매달렸다.

"절대 안 돼요! 그런 위험한 일에 우리 영이를 보낼 순 없어요. 그냥 도망쳐요. 천산을 떠나서 살면 되잖아요."

"이미 소용없어. 사방에 흑영대가 깔렸을 거야."

흑영대는 비밀 수사 조직이다. 풍비호가 함정수사를 지시하면서 그들에게 은밀하게 자신의 감시도 명했을 것이다.

"그럼 이대로 우리 영이를 미끼로 쓸 작정인가요?"

"영이에겐 미안하지만, 흑영대가 지켜줄 거야. 그러니……."

"싫어요. 그럴 순 없어요. 절대로!"

대막심의 아내는 울먹이며 아이를 꼭 안았다.

"나를 욕해도 어쩔 수 없어. 이미 우리는 독 안에 든 쥐 꼴이니 영이를 이리 줘."

"안 돼요! 그럴 수는 없어요!"

대막심은 울며 매달리는 아내에게서 아들 영이를 안아 들었다.

"미안하다, 영아. 아비를 잘못 만나 이런 원통한 일을 당하는구나. 하나, 만에 하나 네게 무슨 일이 생긴다면 이 못난 아비가 지옥 끝까지 따라가 복수해 주겠다."

대막심의 눈에서 화르르 불꽃이 일었다.

*   *   *

탁!

흑색의 인영이 바닥에 스르르 나타나 부복했다.

"어떤가, 결과는?"

"아이는 죽었습니다."

"흉수는?"

"그것이……."

"함정수사를 펼치고도 흉수를 잡아내지 못했다? 내 귀가 잘못된 것은 아니겠지?"

흑영 이호는 식은땀을 흘리며 부복하고 있었다.

"어찌 된 일인지 소상히 보고하라."

"예정대로 아이를 미끼로 하여 사방 삼 장 안에 고수를 포진하여 감시하였습니다. 그런데 기이한 안개가 생기더니 아이가 숨을 거뒀습니다."

"안개라……. 다른 것은?"

"죄송합니다."

"실망이로군."

풍비호는 얼음보다 차가운 목소리로 말했다.

"임무 실패는 무엇으로 갚아야 하는지 알고 있겠지?"

"물론 알고 있습니다. 하나 아직 조사해 볼 것이 남아 있습니다."

"좋다. 유예기간을 주지. 조그마한 단서라도 찾아온다면 다시 한 번 기회를 주마."

풍비호의 허락이 떨어지자 흑영 이호의 모습이 꺼지듯 사라졌다.

"기이한 안개라……."

풍비호는 기이한 안개라는 말에 떠오르는 것이 있었다.

뚜벅 뚜벅!

석조 건물 안에 풍비호의 발소리가 유난히 크게 울렸다. 어마어마하게 큰 철문 앞에 서자 풍비호를 향한 살기가 느껴졌다.

'대단하군. 여긴 올 때마다 짜릿하군.'

풍비호를 상회하는 고수의 살기가 느껴지는 뇌옥(牢獄)의 입구. 힘을 추구하는 마인들은 주화입마나 무차별적인 살육 행위에 빠지기 쉽다. 그런 살인귀를 잡아두는 천마신교의 뇌옥은 철의 요새를 방불케 했다.

"직위와 용무를 말하시오."

혈향을 풍기는 갈라진 쇳소리 같은 목소리가 뇌옥의 지옥
문 앞에서 들려왔다.

"수사당 총사 풍비호."

"수사당 총사가 무슨 일로 여길 온 건가?"

수사당을 이끄는 총사를 함부로 무시할 수 없음에도 목소
리의 주인공은 빈정거리는 투가 역력했다.

"대력살신을 만나야겠소."

풍비호의 대답에 주위의 살기가 잠시 흔들렸다.

"이유는?"

"살신의 첫 번째 예언의 징조가 나타났소."

*   *   *

집으로 향하는 설천의 꽁무니엔 아이들의 행렬이 길게 달
려 있었다. 다들 설천에게 말을 걸고 싶어하는 눈치가 역력했
다.

"무슨 일이야?"

설천은 자신을 따라오는 아이들을 돌아보며 물었다. 아이
들은 몸을 움찔거리며 뒤로 물러섰다. 하고 싶은 말이 있지만
차마 못하고 입안으로만 우물거렸다.

"장부는 자신의 의지를 당당하게 말할 줄 알아야 한대."

설천은 독마군에게서 주워들은 말을 아이들에게 했다.

"우와! 역시 멋지다! 너, 고수 맞지?"

아이들은 설천의 말 한마디에 눈을 반짝이며 다가왔다. 아이들이라 꺼리던 것도 금방 잊어버린 것이다.

설천은 방금 말을 건 아이의 얼굴을 바라봤다. 햇빛에 까맣게 그을려 주근깨가 얼굴에 솔솔 뿌려진 개구쟁이 같은 사내아이였다. 그런데 눈두덩에 퍼렇게 멍이 들어 있었다.

"고수?"

"아까 훈련 시간에 이렇게 휙휙 날았잖아?"

사내아이는 설천의 몸동작을 과장되게 흉내 내며 말했다.

"빨래 널려고 산을 오르내리면 그렇게 돼."

"뭐?"

아이들은 설천의 말이 이해되질 않았다.

깔끔을 떠는 독마군은 금나수법으로 깨끗하게 빤 옷은 빨랫줄에 너는 것이 아니라, 햇빛을 잘 받을 수 있는 벼랑 끝 마른 나뭇가지에 걸어두는 것을 좋아했다. 마의와 검마는 유난을 떤다고 투덜댔지만, 독마군의 깔끔 기행은 설천에게도 꽤 깊은 영향을 주었다.

험난한 벼랑까지 오르기 위해선 하체의 힘을 길러야 했는데, 설천은 그 험한 산길을 매일 오갔다. 게다가 빨래까지 함께 들고 움직이다 보니 자세를 유지하며 뛰어오를 수 있는 강한 다리를 가지게 된 것이다. 그리고 높은 벼랑을 매일 오르내리다 보니 높은 곳에 대한 공포도 전혀 없었다.

"뭐, 어떻게 고수가 됐는지는 상관없어. 너, 우리 대장해라!"

"대장?"

설천은 아이들의 뜬금없는 제의에 어리둥절했다.

"그래. 네가 세니까 우릴 보호해 주는 대장이 되는 거야."

처음 말을 걸었던 개구쟁이 녀석은 영악한 말을 내뱉었다. 대장이 되라면서 보호해 달라니 말이 좋아 대장이지 자신의 호위를 해달라는 말과 같았다.

"싫은데?"

설천은 두 번 생각할 것도 없다는 듯 소년의 말을 거절했다.

"왜… 왜 싫은데?"

당황한 소년은 말까지 더듬었다. 대장이라는 감투를 주면 설천이 허락할 것이라 생각했던 것이다.

"대장은 무리를 이끄는 수장이잖아. 그런 자리는 골치가 아픈 거래."

평소 귀찮은 것을 싫어하는 검마의 영향까지 받은 설천은 아이들이 더 이상 대꾸를 못하게 만들었다.

"하지만… 너도 중정학관 학생이잖아. 다른 학관 녀석들이 우릴 괴롭히면 도와줘야지."

"다른 학관 아이들이 괴롭혀?"

"그래. 특히 입마학관 녀석들, 명문 학관이라고 얼마나 우릴 무시하는데!"

"그 상처도 그것 때문에 생긴 거야?"

설천의 질문에 아이들이 잠시 머뭇거렸다. 어린아이라도 맞았다는 것을 이야기하기가 부끄러웠던 것이다.

"흥, 그 녀석들이 비겁한 수만 쓰지 않았다면 맞지도 않았을 거야."

주근깨소년이 분하다는 듯 말했다.

"그렇다면 다음에 비겁한 수를 쓰지 않을 때 다시 겨뤄봐."

설천은 자신의 일이 아니라는 듯 몸을 돌려 집으로 향했다.

"자, 잠깐 기다려!"

당황한 아이들이 설천을 잡았다.

"자꾸 왜?"

설천은 귀찮다는 듯 대답했다.

"사실 우리 힘으로는 힘들어. 그러니 도와줘."

주근깨소년은 이제 어쩔 수 없다는 듯 사실대로 말했다. 그제야 설천은 진지한 얼굴로 아이들을 바라봤다.

"무슨 일이 있었는지 사실대로 말해봐."

열 개의 명문 학관엔 소위 천마신교의 고위직에 몸담고 있는 명가의 자제들이 재학하고 있었다. 영단을 복용하고 벌모세수를 받은 아이들이 일반 학관의 아이들과 같을 수는 없었

다. 불공평했지만 인생의 출발점이 이미 달랐던 것이다. 아이
들도 이미 그 사실을 알고 있었다.

부모들이 천마신교를 다스린다면 명문 학관의 아이들은
아이들의 세계를 다스렸다. 특히나 입마학관의 장우기는 천
마신교 행정관의 당주라는 아버지의 뒷줄을 믿고 주변 아이
들에게 돈을 갈취하고 있었다. 어린아이답지 않은 악질적인
행위에 주변 학관 아이들이 많은 피해를 입었다. 특히 중정학
관은 열 개 명문 학관에도 끼지 못하는 중상 정도의 학관이라
피해가 더 컸다.

"십오일까지 닷 냥을 달래."

닷 냥이면 천마신교 수뇌부의 고위직에겐 푼돈일지 몰라
도 코흘리개 아이들에겐 꽤나 큰돈이었다. 가난한 서민들에
게도 열흘치 식량 값은 되는 돈이니 무시할 수 없는 금액이었
다.

"그걸 왜 달라는 거지?"

산골에서만 살아온 설천에게는 이해할 수 없는 일이었다.

"응? 그건……."

설천의 주제에서 벗어난 질문에 오히려 아이들이 난감해
했다.

"돈은 무언가 일을 하고 난 다음에 받는 거잖아? 그런데 녀
석은 아무것도 해주는 것 없이 돈만 달라는 거야?"

설천의 사고에서는 돈은 무언가를 해주고 지급받는 노동

력의 대가, 혹은 물건을 구입할 때 사용하는 것이었다.

"그래, 그러니까 나쁜 자식이라는 거야."

아이들은 설천의 말에 그제야 장단을 맞추며 말했다.

"그런가?"

"그래! 무조건 그 녀석이 나쁜 거야!"

"알았어. 내가 이야기해 볼게."

설천의 대답에 아이들의 얼굴이 환해졌다.

*　　　*　　　*

"뭐? 대장이 되기로 했다고?"

검마의 짜증스런 음성이 봉마곡에 울렸다.

"네. 대장이 되면 나쁜 건가요?"

찻잔을 달그락거리던 마의와 검마와 바둑을 두고 있던 독마군의 시선도 설천에게 향했다. 요즘 세 사람은 설천 덕분에 자주 모여서 차를 마시고 바둑을 뒀다. 예전의 서로 잡아먹지 못해 으르렁거리던 모습은 찾아볼 수 없었다.

"뭐, 나쁠 건 없다만……."

검마는 설천의 반응에 머쓱해졌다.

'아직 아기인 줄 알았는데, 밖에서는 꽤나 하는 모양이로군.'

"돈을 달라면서 때린대요."

설천은 대강 아이들이 처한 상황을 설명했다.

"머리에 피도 안 마른 것들이, 클클클."

마의가 어이없다는 듯 고개를 절레절레 흔들었다.

"어느 집 새끼야?"

검마의 다혈질적인 목소리가 다시 높아졌다.

"행정관 당주가 아버지래요."

설천의 대꾸에 독마군의 검미가 꿈틀했다. 성미에 맞지 않
는 일이 생기면 짓는 표정이었다.

"행정관 당주가 누구였지?"

마의가 궁금하다는 듯 물었다.

"아마 장칠중이었지."

"그 자식! 너구리같은 상관이 마음에 들지 않았어."

검마가 또다시 성급하게 화를 토해냈다.

"그래, 그래서 어쩔 작정이냐?"

독마군은 차분하게 설천에게 물었다. 아이들 일은 스스로
해결하는 것이 옳았다.

"음, 우선은 만나서 이야길 들어볼래요."

"이야기는 무슨, 가서 아구창을 날려 버려."

검마는 흥분해서 당장에라도 칼을 꺼내 들어 휘두를 듯 흉
흉해 보였다.

"그다음은?"

독마군은 검마를 무시하며 물었다.

"돈은 일한 만큼 받는 거라고 하셨잖아요?"

"엥?"

검마는 설천의 뜬금없는 소리에 멍해졌다.

"그랬지."

독마군만 차분하게 설천의 이야기를 듣고 있었다.

"그 아이가 다른 아이들에게 돈을 받을 만한 일을 해준다면 돈을 주려구요."

"뭣?"

"헛?"

마의와 검마는 설천의 어이없는 생각에 멍해졌지만, 독마군은 희미하게 웃으며 말했다.

"그래, 그것도 좋은 생각이구나. 그 아이가 이번 일로 노동의 참된 맛을 알게 되는 것도 좋은 일이지."

"그렇죠?"

설천은 고개를 끄덕이며 대답했다. 마의와 검마는 자신들만 소외된 듯한 기분이 들었다.

*　　　*　　　*

"너는 뭐야?"

장우기는 영악스런 아이에 어울리지 않게 귀공자풍의 외모를 지니고 있었다. 하얀 얼굴에 깜찍하게 보일 정도로 포동

포동한 볼살은 어른들의 귀여움을 한 몸에 받았음을 짐작하게 했다. 그리고 그것이 사실이기도 했다.

장칠중은 늦은 나이까지 자식이 없었다. 자식을 보겠다고 약을 먹고 첩까지 들였지만 끝내 자식을 얻지 못하다가 얻은 귀한 아들이 장우기였다. 덕분에 장우기는 세상에 무서울 것이 없었다. 떼를 쓰면 가지고 싶은 걸 얻었고, 아프다고 칭얼거리면 하기 싫은 일은 하지 않아도 되었다.

덕분에 장우기는 안하무인의 성정이 되고 말았다. 게다가 만영단(萬靈丹)이라는 영단을 복용하고 벌모세수까지 받았기에 아이들을 수하 부리듯 했다.

"나? 돈 가지고 왔어."

설천은 아무것도 아니라는 듯 담담하게 말했다.

"닷 냥 맞지?"

"그래."

설천은 고개를 끄덕였다.

"그럼 빨리 내놔!"

"싫은데."

장우기는 눈앞의 아이의 대꾸에 어이가 없었다. 척 보기에 서민 집 아이처럼 허름하게 차려입은 녀석이 당당하게 자신에게 말대답을 했다. 장우기는 화가 머리 꼭대기까지 치밀었다.

"너, 내가 누군 줄 알고 그런 소릴 해? 죽고 싶어?"

"너, 장우기라며?"

설천의 뜬금없는 대답에 장우기는 말문이 막혔다.

"돈은 줄게. 대신 넌 뭘 할 건데?"

설천의 질문은 일견 타당했다. 봉마곡에선 공짜가 없었다. 세 마두는 설천에게 일의 중요성을 늘 역설했다. 일하지 않는 자는 먹지도 말지어다가 봉마곡의 표어였다. 어린 설천도 고사리손으로 봉마곡의 일을 했다. 유배지와 같은 봉마곡에는 늘 일거리가 가득했다.

그러나 수련으로 바쁜 세 마두는 미처 다른 일을 돌아볼 여유가 없었다. 덕분에 자잘한 집안일이나 밭일, 호야와 아지 먹이 주기 등은 설천의 일이었다. 의부들은 설천이 일을 하면 용돈이라며 한두 푼 쥐어주곤 했다.

"뭐? 내가 너한테 종살이하려고 돈 달라고 한 줄 알아?"

장우기의 목소리가 커졌다.

"너는 약하니까 나한테 돈을 바쳐야 하는 거야! 알았어? 맞기 싫음 얼른 내놔!"

"그럼 공짜로 달라는 거야?"

장우기는 설천의 기이한 말투와 사고에 짜증이 났다. 그러나 어디까지나 아이는 아이였다.

"그래! 그러니까 맞기 싫음 어서 내놔!"

장우기는 부족한 것 하나 없는 아이다. 닷 냥 정도는 얼마든지 있다. 그럼에도 아이들에게 닷 냥을 가져오라고 한 것은 자신이 명령하는 입장이라는 것을 알려주기 위함이다. 그런데 이렇게 말을 듣지 않는다면 어쩔 수 없이 힘으로 하는 수밖에 없었다.

"그럼 내가 너보다 세면 너도 나한테 돈을 주는 거야?"

"이게!"

장우기는 화가 나서 설천에게 주먹을 뻗었다. 아이답지 않게 매서운 기운이 담긴 주먹이라 맞으면 꽤나 아플 것 같았다.

다른 아이들은 설천이 피를 흘리며 바닥에 쓰러질 것이라 생각했다. 그러나 설천은 가볍게 장우기의 팔을 잡았다.

"으윽!"

장우기는 무공 교두에게 팔을 잡힌 듯 꼼짝을 할 수 없었다.

"아무리 봐도 내가 너보다 더 센 것 같아."

설천은 장우기의 팔을 잡은 손에 힘을 줬다.

"악!"

장우기는 팔이 끊어지는 고통을 느꼈다.

"내가 더 세도 돈은 받지 않을게. 대신 네가 돈이 필요하면 우리 집에 와서 일해도 돼."

"뭐라고?"

장우기는 자신의 귀를 의심했다. 설천은 단순히 장우기가 돈이 필요한 것이 아닌가 하는 마음에 일하라고 말했지만 장우기로서는 자존심이 상하는 제안이었다.

"으윽! 싫어! 아파! 놔!"

역시 아이인지라 장우기는 고집을 세웠다.

"그래? 그럼 할 수 없지. 그렇지만 돈은 공짜로 받으면 안 돼."

설천은 순순히 장우기의 팔을 놓아줬다.

퍽!

그 순간 장우기는 설천의 얼굴을 후려쳤다. 가까운 거리에서 매섭게 휘두른 팔에 정통으로 맞은 설천의 입술이 찢어져 피가 흘렀다.

"비겁하다!"

중정학관 아이들이 소리쳤다. 그러나 장우기는 설천의 얼굴에 맺힌 피를 보고 의기양양해졌다.

"내가 너보다 세!"

아이들 싸움엔 먼저 피가 나는 쪽이 지는 법. 그러나 설천은 눈썹 하나 까딱하지 않고 입가에 맺힌 피를 쓱 닦아냈다.

"역시 검마 의부님 말이 맞은 것 같네."

"뭐… 뭐?"

장우기는 설천의 심상치 않은 기세에 기가 죽었다.

"우선은 먼저 아구창을 날려주라고 하셨거든."

설천이 피가 맺힌 입술로 씩 웃으며 말했다.

"으악!"

설천에게 아구창(?)이 날아가도록 맞은 장우기가 정신을 차린 것은 한 시진이 지난 후였다. 장우기가 눈을 뜬 곳은 자신의 화려한 침상 위가 아닌, 처음 보는 초라한 오두막이었고, 낡은 조각 이불을 덮고 있었다.

"여기가 어디지?"

삐걱!

방문을 열고 나선 장우기의 눈에 기괴한 광경이 눈에 들어왔다. 집채만 한 대호(大虎)가 쟁기질로 밭을 갈고 있었다. 그 대호를 부리고 있는 것이 설천이었다. 커다란 대호를 능수능란하게 부리며 밭을 가는 모습이 익숙해 보였다.

"야! 일어났구나! 나머지 일은 네가 해!"

설천은 아무렇지도 않게 호야의 등을 토닥이며 말했다. 그러나 당장에라도 잡아먹을 듯 무시무시한 눈으로 바라보는 호랑이의 시선에 장우기는 입안이 바싹 마르고 손발이 부들부들 떨렸다. 솥뚜껑만 한 발에 날카롭게 비죽 튀어나온 발톱과 헐떡이는 입가로 언뜻언뜻 보이는 송곳니는 당장에라도 장우기의 목덜미를 물어뜯을 것만 같았다.

"어라? 너, 아직도 아프냐?"

설천은 눈가가 벌겋게 부어오른 장우기가 아직도 아픈가 싶어 물었다. 벌겋게 부은 눈가와는 달리 하얗게 질린 장우기의 모습은 아픈 사람으로 여겨질 정도로 심각해 보였다.

"그… 그것이… 그래, 아직 아파."

장우기는 필사적으로 핑계를 찾다가 설천의 말에 반색을 하며 대답했다.

"하지만 너, 돈 필요한 거 아니야?"

'아직도 그 타령이냐!'

장우기는 비명이라도 지르고 싶었지만 자신을 쏘아보는 대호의 시선에 뭐라 대꾸할 수도 없었다.

"아니, 그게 아니라……."

땀을 삘삘 흘리며 대꾸할 말을 찾는 장우기의 모습에 설천은 고개를 갸웃거렸다.

"밭일을… 밭일을 한 번도 해본 적이 없어. 그러니까 이제 그만 집에 돌아가면 안 될까?"

장우기는 더듬더듬 마땅한 변명거리를 찾았다.

"그럼 쉬운 걸로 하자. 물 긷기는 어때?"

설천은 쉽다는 듯 말했다. 장우기는 제발 집에 보내달라고 빌고 싶은 심정이었지만 자존심이 허락하질 않았다.

"그, 그게……."

"좋아! 가자!"

설천은 자신의 몸집보다 세 배나 큰 항아리 두 개를 호야의 몸에 척척 걸었다.

"뭐, 뭐 하는 거야?"

장우기는 겁에 질린 목소리로 물었다. 그도 그럴 것이, 호랑이 몸에 겁도 없이 커다란 물동이를 거는 모습이 위태롭게 보였기 때문이다.

"뭐긴 물 길으러 가야지. 너무 멀어서 그냥은 못 가."

"뭐, 뭐라고? 그럼 그 호랑이를 타고 간단 말이야?"

"응. 뭐, 여기도 샘이 있지만, 의부들은 천신수 아니면 마시질 않아. 입맛이 조금 까다로운 편이야."

장우기는 비명이라도 지르고 싶었다. 물이면 물이지 천신수는 또 뭐란 말인가. 그깟 물 뜨러 가려고 호랑이를 타고 가야 한다는 게 어이가 없었다.

설천과 세 의부가 음용하는 천신수는 하늘의 정기가 담긴 약수였다. 천산이라는 명산에서 가장 기의 순환이 원활한 곳이 바로 천신수가 발원하는 샘이었다. 그곳에서 나는 샘물은 맛도 좋을 뿐만 아니라 기의 흐름을 좋게 하고 진기를 북돋아 주는 샘물이었다.

"자, 그럼 꽉 잡아! 가자!"

설천의 성화에 못 이겨 억지로 호랑이 등에 올라탄 장우기는 죽을 맛이었다. 설천이 올라탈 때는 얌전하게 있던 호랑이가 자신이 타자 이를 드러내며 으르렁거렸던 것이다.

"히익!"

설천의 말이 떨어지기가 무섭게 눈이 돌아갈 정도의 빠른 속도로 대호가 움직였다. 온몸이 폭풍이라도 만난 듯 출렁이고, 떨어질지도 모른다는 불안감에 장우기는 호랑이털을 꽉 움켜쥐었다.

크르렁!

장우기가 너무 꽉 움켜쥔 탓에 호야가 낮게 으르렁거렸다. 그러나 장우기는 반쯤 넋이 나가 간신히 등에 매달려 있었기에 호야의 눈치를 살필 여력이 없었다.

장우기는 온갖 교육을 다 받은 귀공자답게 말을 탈 줄 알았다. 그러나 말과 호랑이 등 위는 천지 차이였다. 편안한 안장 위에 호기롭게 앉아 말을 몰던 장우기의 모습은 찾아볼 수 없었다.

"으윽!"

말과는 비교도 할 수 없을 정도로 빠른 속력에 몸을 의지할 것이라곤 두 손에 움켜쥔 호랑이의 털가죽뿐이니 장우기의 몸은 태풍 앞의 가랑잎처럼 사정없이 휘날렸다. 게다가 빠른 속도 때문에 속까지 울렁거렸다.

'토할 것 같아! 그렇지만 여기다 토했다가는 당장 호랑이 밥이 될 거야!'

장우기는 공포 때문에 필사적으로 토기를 참았다. 그러니 물을 길으러 다녀온 그 시간이 마치 영겁처럼 길게 느껴졌다. 게다가 자기 몸보다 더 커다란 항아리에 물을 가득 채우고 그 항아리를 태연하게 들어 올리는 설천의 모습에 장우기는 혀를 내둘렀다.

"제발 부탁이야. 더 이상 돈 필요없으니까 집에 보내줘.

나, 일도 잘 못해."

'여기서 당장 나가야 해. 이 자식, 보통 녀석이 아니야.'

물을 긷고 돌아온 장우기는 당장 돌아가려고 잔꾀를 쓰며 말했다.

"그래? 그럼 집안 청소는 어때? 그건 쉽겠지?"

"윽."

장우기는 설천이 제발 집에 보내줬으면 하는 마음밖에 없었다. 그러나 설천은 끝내 장우기에게 일을 시키고야 말겠다는 의지가 엿보였다.

'미친놈! 괴롭히는 걸 이딴 식으로 하다니!'

장우기는 설천이 복수를 하고 있다고 여겼다. 그러니 설천이 순순히 포기할 리가 없다고 생각했다.

'제길! 할 수 없지. 하지만 나중에 꼭 복수하고 말 테다!'

장우기는 할 수 없이 설천이 이끄는 대로 집 안으로 들어섰다.

설천이 안내한 집 안은 참혹한 모습이었다. 그곳은 마의의 연구실로, 탁자 위엔 끈적끈적한 피와 해부하다가 팽개쳐 둔 시체가 어지럽게 널려 있었다. 산골에서 길을 잃고 들짐승에게 공격당한 약초꾼의 시체였다. 마의는 들짐승에게 반쯤 먹힌 시체를 발견하고는 반색을 하며 연구실로 옮겨왔다. 다른 아이들이라면 기겁할 일이었지만 봉마곡에서 자란 설천은 마의의 연구가 으레 그러려니 여기고 있었다.

"대충 핏자국 닦고, 뒤뜰에 묻어주면 돼."

너무도 태연하게 말하는 설천의 모습에 장우기는 두려움을 넘어 공포를 느끼기 시작했다.

'이 자식! 살인귀였구나!'

탁자 위의 핏자국이 눈에 선명하기 박히면서 밭에서 어슬렁거리던 대호가 눈앞에 다시 아른거렸다. 여기서 죽을지도 모른다는 공포는 어린 장우기의 아집을 단번에 무너뜨렸다.

"내가 잘못했어. 그러니까 집에 보내줘."

"아니, 왜? 돈 필요하다며?"

설천은 잘 모르겠다는 투로 말했다.

"제발 보내줘."

장우기는 어린아이답게 더 이상의 공포를 이기지 못하고 엉엉 울기 시작했다. 결국 장우기는 울다가 까무러치고 말았다.

"그 돈 필요하다는 녀석은 돌아갔냐?"

마의는 산에서 캐온 약초를 다듬으며 물었다.

"그게… 이상해요. 그 녀석, 돈이 필요하다면서 왜 집에 보내달라고 울었을까요?"

마의는 설천의 모르겠다는 투의 말에 입술을 깨물며 웃음을 참았다. 대호가 어슬렁거리고, 시체가 탁자에 놓여 있는 집은 절대 정상적인 집안이 아니다. 약한 아이들에게 돈을 뜯던 아주 못된 녀석이라도 아이는 아이. 그런 녀석이 혼쭐이 나도 아주 단단히 난 것이다.

독마군에게 어찌 될지 대강 이야길 들었을 때는 그렇게 해서 영악한 녀석이 정신을 차릴까 싶었지만, 약초를 캐고 돌아온 마의는 거품을 물고 쓰러져 있는 아이의 모습을 보고 역시 독마군이라는 생각이 들었다.

설천이가 의외의 엉뚱한 생각으로 못된 놈의 버릇을 고쳐 줄 수 있었으니 꽤 유쾌했다. 오랜 세월 봉마곡에서 지루한 나날을 보내는 고수들에겐 신선한 하루였다.

"글쎄다. 뭐, 돈이 그리 필요한 건 아니었나 보다. 그리고 다음엔 시비 거는 놈이 있으면 무조건 아구창부터 날려줘라. 알겠냐?"

마의는 설천의 찢어진 입술에 약을 발라주며 말했다.

第六章
마림원으로!

마도
공자

중정학관 문과 담당 최 서생은 설천이라는 아이를 눈여겨
보고 있었다. 아직 어린 나이였지만 학문에 막힘이 없었고 아
이들과도 잘 어울렸다. 문과로 유명한 청원 마림원에 저 아이
를 합격시킨다면 중정학관의 평가도 올라갈 것이다.

그런 최 서생에게 눈엣가시 같은 존재가 있었으니 바로 무
공 교두 백중철이었다. 시간만 나면 설천을 불러 무공 보충
수업을 시키고 무공 훈련에 열을 올리는 모습이 마땅치 않았
다.

청원 마림원에 입교하려면 지금부터라도 글공부에 더욱
매진해야 하거늘 백중철은 설천의 시간을 무공 훈련에 낭비

하고 있었던 것이다.

"백 사부님, 저 좀 잠깐 보시죠."

최 서생은 원래 마인답지 않게 무(武)보다는 문(文)을 우선시했다. 그런 최 서생을 백중철은 별로 탐탁지 않아했다.

"무슨 일이쇼?"

최 서생이 자신을 눈엣가시처럼 여긴다는 것을 알고 있는 백중철은 무인답게 호전적인 말투로 물었다.

'이자가!'

최 서생은 화가 치밀었지만, 같은 학관에서 아이들을 가르치는 입장이라 화를 꾹 눌러 참았다.

"설천이가 글에 꽤나 재능을 지니고 있습니다."

"그래서요?"

백중철의 말투는 계속 삐딱했다.

"앞으로 설천이는 글공부에만 전념했으면 좋겠습니다."

"무슨 소리요?"

백중철은 펄쩍 뛰며 반대했다.

"설천이의 실력이라면 청원 마림원에 들어갈 수 있을 겁니다. 하니……."

"그깟 청원 마림원 나와봤자 마입관에 들어갈지는 알 수 없잖소?"

"그깟이라뇨? 청원 마림원은 천마신교 내에서도 다섯 손가락 안에 드는……."

"지금 설천이의 실력이라면 흑풍 마림원에 들어갈 수 있소."

백중철은 최 서생의 말허리를 싹둑 잘라 버렸다.

"흑풍 마림원?!"

최 서생은 입을 딱 벌렸다. 마입관으로 가는 지름길이라 여겨지는 흑풍 마림원은 고위급 자제들만 입교할 수 있는 최고의 마림원이다.

"그… 그것이 가능하단 말이오?"

최 서생은 자신의 의도와는 다르게 흘러간다는 것도 잊은 채 물었다.

"물론이오. 내가 누구요, 혈광도귀 백중철이오."

백중철은 어깨를 으쓱거리며 큰소리를 탕탕 쳤다.

"하나 그곳은 고위직 자제들만 가는 곳인데……."

"어허, 하나만 알고 둘은 모르시는 양반이구만. 그 외에도 방법이 있잖소?"

"그 외의 방법?"

"글공부하는 양반이 이렇게 제도에 깜깜해서야. 쯧!"

백중철은 최 서생 앞에서 거드름을 피웠다.

"수석으로 선발되면 될 것 아니오?"

"수, 수석?"

최 서생은 말까지 더듬거렸다. 흑풍 마림원은 모든 마림원 중에 최고로 치는 교육기관이다. 때문에 그곳의 졸업생은 당연하게 마입관에 입교할 수 있었다.

그러나 비싼 교육비와 뛰어난 무공 실력이 뒷받침되지 않는 한은 절대 입교할 수 없었다. 때문에 대부분의 학생이 천마신교에서 고위직을 맡고 있는 수장들의 자제들이었다.

이러한 폐단이 있었기에 흑풍 마림원에서도 수석제도를 마련하여 실력있는 인재들을 뽑고 있다고 널리 선전했다. 하나, 그 수석제도라는 것이 유명무실하여 흑풍 마림원이 설립된 이래로 아무도 수석으로 선발된 적이 없었다.

"흑풍 마림원이 생긴 이래 수석은 단 한 명도 없었소. 그런데 수석이라니, 그것이 말이 된다고 생각하시오?"

최 서생은 어이가 없어 백중철에게 따지듯 물었다.

"없었으면 이번 기회에 우리가 수석으로 만들어주면 될 것 아니오?"

최 서생은 백중철의 근거없는 자신감에 화가 치밀었다.

"도대체 뭘 믿고 그리 자신있게 말하는 겁니까?"

"뭐, 믿는 건 없소. 다만……."

"다만 뭡니까?"

"설천이 녀석이 워낙 뛰어난 인재이니 잘 알아서 할 것이오."

"뭐라구요?"

최 서생은 백중철의 무책임한 발언에 어이가 없었다.

"말도 안 됩니다. 그런 무책임한 태도로 글공부 시간을 낭

비할 순 없습니다. 설천이는 제가 잘 가르쳐 청원 마림원에 들어갈 수 있도록 최선을 다하겠습니다."

"허참, 그리 말해도 못 알아들으시네. 설천이 녀석은 흑풍 마림원에 수석으로 들어가게 할 겁니다. 그러니 신경 끊어주시죠."

"도대체 누가 그런 무모한 일을 허락한답니까?"

최 서생은 답답함에 언성을 높였다.

"내가 허락했소."

최 서생은 학장 탁문수가 갑자기 나타나자 순간 당황했다.

"학장님, 정말이십니까?"

"그렇습니다."

최 서생은 담담하게 이야기하는 탁문수의 태도에 귀신에 홀린 듯했다. 언제나 아이들을 최우선으로 생각하는 학장이니 명문 흑풍 마림원에 집착하는 것이 아니라는 것은 자명한 일. 그렇다면 그 아이 설천이 무재였단 말인가?

최 서생은 다른 아이들보다 조금 호리호리한 설천의 체구를 떠올렸다. 그리 연약해 보이는 체구의 아이가 무공에 뛰어난 재능을 가졌다는 것이 상상이 되질 않았다.

"그럼 그 아이가 그 정도로 무공에 뛰어난 재능이 있다는 말씀이십니까?"

"네, 그렇습니다."

온화한 성품의 탁문수는 그동안 지켜본 설천의 능력에 고개를 끄덕였다.

"놀랍습니다. 저는 글재주만 있는 줄 알았는데……."

"문과 무 둘 다 뛰어난 수재를 발견한 것 같군요. 하지만 우리가 이리 정한다 해도 설천이가 어찌 생각하는지 모를 일이니 아직 정하는 것은 시기상조일지도 모르겠습니다."

탁문수의 걱정 어린 말투에 백중철이 발끈했다.

"무슨 말씀이십니까? 무공에 재능이 있는 기재가 흑풍 마림원에 입교하지 않는다면 어딜 가겠습니까?"

백중철은 당연하다는 듯 말했다.

그러나 설천은 백중철의 기대를 여지없이 무너뜨렸다. 수업 시간에 잠시 짬을 내어 부른 설천은 청천벽력 같은 소리를 백중철에게 했다.

"뭐라고! 흑풍 마림원에 가기 싫다고?"

백중철은 설천의 대답에 목소리가 높아졌다.

"네."

설천은 덤덤하게 대답했으나 백중철은 답답해 죽을 지경이었다. 무공에 뛰어난 실력을 가지고 있으면서 왜 최고의 교육기관인 흑풍 마림원에 입교하기 싫다는 건지 도무지 이해할 수 없었다.

백중철은 설천이 흑풍 마림원에 지원하기를 바랐다. 그래서 은근슬쩍 설천에게 흑풍 마림원에 입교하는 것이 얼마나 좋은지 넌지시 말하곤 했다.

그러나 설천이 흑풍 마림원을 꺼리는 이유는 바로 검마의
속 좁음이 한몫하고 있었다.

"흑풍 마림원? 그곳이 좋다고 누가 그러던?"
검마는 설천에게 시비조로 물었다.
"거기 네놈 사제가 훈장질하는 곳 아니냐?"
마의는 검마의 아픈 곳을 찔렀다. 검마의 사제 비영검은 검
마와는 성정이 정반대였다. 검마가 다혈질에 막무가내의 성
격을 지녔다면, 비영검은 고지식하고 모든 것을 정석대로 처
리하는 인물이었다.
때문에 사형인 검마와는 사사건건 대립하고 싸울 수밖에
없었다. 그러다 보니 사형제 사이에 우애라고는 눈곱만큼도
없었다. 그런 사제가 가르치는 곳에 자신의 피붙이 같은 설천
이 입교한다니 고운 말이 나갈 리 없었다.
"흥, 사제는 무슨! 칼 잡는 법도 모르는 녀석이 내 사제일
리 없잖아?"
"비영검이 칼 잡는 법도 모르는 녀석이라는 건 금시초문이
로구나. 그렇다면 비영검이 흑백쌍귀를 한칼에 쓰러뜨렸다
는 소문도 다 헛소문이겠군."
마의는 검마의 약을 슬슬 올렸다.
"비영검이라면 정파에서도 마의군자라 칭송하는 자가 아
닌가?"

독마군의 말에 검마가 발끈했다.

"마의군자 좋아하시네. 암튼 그 자식한테 배울 건 없어. 절대 흑풍 마림원에는 입교 못한다. 그놈한테 배우느니 차라리 나한테 배우는 게 백번 낫지."

검마의 속 좁음과 좋지 못한 사문 관계가 설천의 입교에 큰 장애가 되었다.

이런 전후 사정을 모르는 백중철은 애가 탔다.

"도대체 왜 가기 싫다는 거냐?"

"아뇨. 가기 싫어서 그러는 게 아니거든요."

"그럼 도대체 왜 싫다는 것이냐?"

"의부님이 반대하세요."

"뭐? 최고의 명문 교육원인데 왜 반대하시는 거냐?"

백중철은 답답했다.

"의부님이 가르쳐 주신대요."

"뭐?"

백중철은 설천의 대답에 할 말을 잃었다. 이런 망할 노인네들이 뛰어난 인재를 망치려고 작정을 해도 유분수지. 그러나 설천에게는 가족이나 마찬가지인 의부들이다. 나쁘게 말해서 좋을 것이 없었다.

"의부들께서 너를 아끼는 것은 잘 알고 있다. 하나 의부님들은 나이도 연로하시고 또 여러 가지 일로 바쁘시지 않느냐?

그러니 다시 한 번 잘 생각해 봐라."

백중철이 어울리지 않게 사리에 맞는 말로 설천을 설득했다. 설천은 백중철의 말에 고개를 끄덕였다. 백중철은 의부들의 연로함을 들어 다시 생각해 볼 것을 권했지만 설천이 생각하기에도 의부들의 연로함은 걱정할 문제가 아니었다.

사실 설천은 학관에 다니는 것이 즐거웠다. 물론 봉마곡의 의부들과 호야와 함께 있어도 좋았지만, 또래 친구들은 설천에게 또 다른 의미였다.

*   *   *

"대장!"

장우기를 혼내준 이후 중정학관의 아이들은 다른 학관 아이들에게 시달림을 당하지 않아도 되었다. 장우기는 중정학관 아이들 그림자만 봐도 꼬리를 말고 사라졌고, 몇몇 시비 걸던 다른 학관 녀석들도 아구창을 날려주라는 검마의 말을 착실하게 이행한 설천 덕분에 중정학관 아이들은 행복한 나날을 보냈다.

중정학관 아이들이 생각하기에 설천처럼 편한 대장은 없었다. 주근깨소년은 영리하게 설천을 대장이라 불렀지만, 아이들을 휘어잡고 명령하는 일은 자신이 다 하고 있었다.

"오늘도 특훈이야?"

백중철이 열을 올리며 시키는 훈련 때문에 설천은 다른 아이들보다 늦은 시간까지 학관에 남아 있었다.

"응."

아이들은 설천이 받는 특별 훈련이 부럽기도 하면서 궁금했다.

"어떤 훈련이야?"

"뭐, 집안일이랑 비슷해."

집안일? 아이들은 잘 이해가 되질 않았다. 무공이 집안일과 비슷하다니 전혀 상상할 수 없었다.

"집안일이면 청소랑 빨래 같은 걸 특별 훈련으로 한단 말이야?"

"아니. 같은 건 아니지만 비슷해."

금나수법으로 빨래를 하고, 청소를 위해 허공섭물로 물건을 옮기는 일이 다반사인 봉마곡이니 집안일이 곧 무공 수련이고 무공 수련이 집안일이었지만, 평범하게 수련하는 아이들에게는 도통 이해가 가질 않는 일이었다.

"그럼, 훈련 잘해."

멋진 무공을 따로 배운다고 생각해 부러워하던 아이들도 설천의 집안일과 비슷하다는 말에 흥미를 잃어버리고 왁자하니 떠들며 뿔뿔이 흩어졌다.

"자, 그럼 오늘 수련을 시작해 볼까?"

"네."

설천이 조용히 고개를 끄덕이며 진지한 눈으로 백중철을 바라봤다.

백중철은 설천이 어느 정도의 내력과 실력을 지녔는지 시험해 보곤 깜짝 놀랐다. 기본이 탄탄하고 체력이 뛰어난 것은 알았지만 설천의 실력은 알면 알수록 놀라웠다.

'이 녀석이 장성하고 나면 온 강호에 위명을 날릴 것이다.'

백중철은 유명인이 될지도 모르는 아이를 자신이 가르친다는 사실에 뿌듯함을 느꼈다. 때문에 설천이 차근차근 수준 높은 교육을 받았으면 하는 바람이었다. 그런데 노망난 노인네들이 다 된 밥에 재를 뿌리려도 유분수지, 흑풍 마림원의 입교를 반대하다니 백중철은 다시 화가 치밀었다.

"기를 검에 실어 더욱 날카롭게 하는 법을 더 연습해 보자."

백중철은 기 운용의 묘리를 설명하다가 고개를 절레절레 흔들었다. 설천에게는 이렇게 설명하기보다는 일에 빗대어 설명하는 것이 가장 쉬웠다.

"아마도 너는 나무를 베거나 두꺼운 것을 자를 때 사용했을지도 모르겠구나."

백중철은 자신도 유지하기 힘든 검기를 발출해 굵은 나뭇단을 한 번에 잘랐다.

"네, 이 방법은 의부님이 나무할 때 사용하라고 가르쳐 주신 거예요."

'제기! 또!'

백중철은 이제는 거의 체념 상태에 가까웠다. 대부분의 무학을 집안일하는 데 사용하라며 가르쳐 준 의부들이 괴물처럼 느껴졌다. 게다가 아직 어린아이한테 이런 무식한(?) 방법을 알려주다니 위험천만한 일이었다. 자칫 잘못 사용했다가는 주화입마에 빠지기 쉽거늘 이리 아무렇지도 않게 가르쳐 줬단 말인가?

"흠흠, 그렇구나. 그럼 기본은 알고 있으니 오늘은 검기를 더욱 날카롭게 만드는 연습을 해보자."

"검기를 날카롭게 한다구요?"

설천은 왠지 곤란한 듯 눈을 굴렸다.

"검에 기막을 형성해서 검기를 만들기 때문에 검기도 날카롭게 할 수 있다."

백중철은 설천의 곤란한 듯 보이는 얼굴이 아직 검기에 대해 잘 모르기 때문이라 생각하고 검기를 만들어 보여줬다. 백중철의 검기가 파랗게 피어올랐다.

"그게… 제 것은 조금 달라요."

"검기의 형태는 조금씩 다른 것이니 염려 말아라. 어디 한번 검기를 만들어봐라."

설천이 금빛 검기를 만들어냈다. 백중철은 미치고 팔짝 뛸 지경이었다. 자신도 간신히 만들어내는 검기를 어린아이가 만들어내고 있다니 자존심이 상하면서도 일견 뿌듯했다. 그러나 다음 순간 설천이 만들어낸 선명한 검기를 자세히 보고 다시 한 번 충격에 휩싸였다.

"그… 그것이 무엇이냐?"

검기가 마치 뱀처럼 살아서 꿈틀거리고 있었기 때문이다. 검기가 흐릿해 잘못 본 것도 아니었다. 설천의 검기는 잘못 볼 수 없을 정도로 눈부시게 환한 금빛을 뿌리고 있었다.

'살아서 꿈틀거리며 혀를 날름거리는 검기라니!'

백중철은 듣도 보도 못한 놀라운 광경에 얼이 빠졌다.

일반적인 검기라면 검과 일체가 되어 검 표면에 생성된다. 같은 검기라도 차이점은 검기의 지속 시(時)나 길이, 색(色), 선명함에 있다.

하지만 설천이 만든 검기는 마치 검에 한 마리 뱀이 똬리를 튼 것처럼 움직였다. 기의 운용이 서툴러서 벌어지는 현상은 아니었다. 만약 그랬다면 눈이 부시도록 선명한 빛을 뿜어낼 수가 없었기 때문이다.

"이거요? 검에 사는 뱀이요."

"뭐?"

백중철은 아무리 아이라도 설천의 사고는 정말 이해가기 힘들었다.

"의부님이 검을 날카롭게 하려면 마음으로 무언가의 형상을 떠올리라고 하셨거든요."

'심중지기의 형상화를 설명한 모양이군.'

백중철은 노망난 노인네들이 그래도 한가락 하는 모양이라며 고개를 끄덕였다.

"예전에 뱀에 물린 적이 있거든요."

"응?"

설천의 설명은 다시 엉뚱한 곳으로 튀는 것 같았다.

"물렸을 때 너무 아팠어요."

설천이 갓 돌을 넘겼을 무렵, 아무것도 모르고 맹독을 지닌 금선사에 물린 적이 있다. 다행히 마의의 치료와 검마의 내공 주입으로 독을 완전히 이겨냈지만 설천의 뇌리엔 금선사의 독니가 가장 날카롭게 느껴졌을 것이다.

"의부님이 가장 날카롭고 빠르고 강한 것을 떠올리라고 하셨을 때 이 검에 뱀이 나타났어요."

설천은 검 표면에서 장난치듯 움직이고 있는 뱀을 살짝 쓰다듬어 줬다. 그러자 검기는 정말 살아 있는 뱀이라도 되는 듯 설천의 손에 머리를 비볐다.

"정말 귀엽죠?"

"그… 그렇구나."

백중철은 듣도 보도 못한 신기한 검기를 질린 얼굴로 바라봤다.

　　　　　　　*　　　　*　　　　*

　검마는 눈을 감고 호흡을 가다듬었다. 마음속의 기를 자유
자재로 움직이며 검무를 추는 그의 얼굴엔 희미한 미소가 감
돌았다. 탈마의 경지였지만, 심검창조의 벽을 넘을 수 없었던
그에게 벽을 허물 단서를 제공해 준 것이 바로 설천이다.

　검기를 하나의 기로 인식하고 그 모습을 정형화한 검마에
게 설천이 보여준 살아 있는 검기는 놀라움과 충격이었다. 설
천의 검에 맺힌 검기는 어린아이의 순수한 심성과 설천의 놀
라운 능력이 만들어낸 기사였다.

　검기는 수련에서 얻는 노력의 산물이라 생각하고 있었던
검마는 설천을 통해 또 다른 세상을 본 것이다.

　검은 모든 것을 베고 자르고 파괴하는 것이 아닌, 새로운
것을 창조해 낼 수 있었다. 무언가를 죽이는 살검이 아닌, 새
로운 생명을 창조해 내는 활검! 검마는 설천의 검기를 통해
심검창조의 경지를 깨달았다. 파괴적인 검을 추구하는 검마
의 칼에 검은 빛의 꽃이 피어났다.

　흑화!

　검마의 검무가 빨라질수록 바람에 흩날리는 꽃잎의 수도
늘어났다. 그리고 공기 중에 퍼지는 아련한 꽃향기가 짙어졌
다.

　멀리서 은은하게 퍼지는 흑화의 향기를 맡은 독마군이 입

가에 미소를 지었다.

"인연이란 이런 걸 말하는 거로군."

독마군은 차를 훌쩍 마시며 말했다. 평소 독설가였던 마의
도 멀뚱하게 검마가 검무를 추고 있을 언덕 쪽을 바라봤다.

"무식한 놈이 심검창조의 경지에 오를 줄이야."

마의가 씁쓸하게 중얼거렸다. 비슷한 경지의 세 마두는 서
로에게 경쟁의식을 가지고 있었다. 그러나 검마는 검(劍)으
로, 독마군은 문(文)으로, 마의는 의(醫)로 서로 추구하는 바가
달랐다. 그럼에도 그들은 서로를 인정하고 있었기에 씁쓸하
면서도 한편으론 부럽기도 했다.

"검마 놈이 이른 경지라면 우리가 이르지 못할 게 없지 않
은가?"

독마군은 당당하게 마의에게 말했다.

"오랜만에 시원한 소릴 하는구나. 그래도 저 무식한 녀석
이 잘난 척하는 꼴을 배가 아파서 어찌 본단 말이냐."

마의가 속이 상한다는 투로 말했다.

"검마 놈이 먼저 인연의 끈을 잡아 경지에 이르렀으니 우
리도 개안하여 새로운 경지에 이를지 모르지."

"실은 그러고 보니 얼마 전에 설천이 녀석이 새로운 화두
를 던져 줬다. 녀석이 아주 흥미로운 말을 해서 말이지."

"어떤 말인가?"

"냇가에 종이배를 띄우면 가라앉지 않고 흘러가듯, 기의

흐름 위에 또 다른 기운을 띄울 수는 없냐고 묻더군."

"그것이 가능한가?"

"뭐, 상극의 기운을 이용하면 서로 밀어내는 반발력이 있어 두 개의 기운을 동시에 이용할 수 있다. 하나……."

"하나?"

"그 반발력으로 인해 혈맥이 찢어지고 상하게 된다. 그래서 녀석한테도 힘들 것이라 내 일러줬다."

"하지만 그 반발력을 누를 정도의 튼튼한 혈맥과 정종진기를 가지고 있다면?"

정종진기는 모든 사람이 지니는 몸 안의 기운을 말한다. 그 기운이 모든 것을 다스릴 수 있을 정도의 힘을 가지고 있다면 상극의 기가 보이는 반발력도 능히 누를 수 있을 것이다. 독마군의 말이 끝나기가 무섭게 마의의 등이 벼락이라도 맞은 듯 움찔했다.

"하지만 그 반발력을 이길 정도의 정종진기라니 그것이 가능할까? 아니지. 설천이 녀석의 무식한 흡정 능력과 혈맥을 강화할 수 있는 내가심법만 있다면. 그래, 방법이 있었다니……. 내가 그동안 손안에 답이 있음을 깨닫지 못하고 멀리서 답을 구하고 있었구나. 이리 어리석었구나."

마의는 주변을 돌아볼 여유도 없이 가부좌를 틀고 앉았다. 독마군은 씁쓸한 눈으로 무아지경에 빠진 마의를 바라봤다.

'외롭군.'

두 경쟁자가 새로운 경지에 이른 것이다. 독마군은 천기를 읽는다고 말하는 자신이 부끄럽게 느껴졌다. 멀리서 검마의 흑화에서 풍기는 아련한 향기가 느껴지는 듯 코끝이 간질거렸다.

새로운 경지에 오른 검마는 자신의 성취를 통해 세상을 돌아볼 여유를 얻었다. 더불어 세상 만물에게서 모두 배울 점이 있다는 것을 깨달았다. 게다가 새로 깨닫게 된 심검창조로 인해 심안(心眼)을 개안한 그의 눈에 큰 문제점이 발견되었다.

"설천아, 네 나이가 몇인지 알고 있느냐?"

"제 나이요?"

세 마두가 아무리 아이에 대해 무지하다고 해도 설천의 비약적인 성장 속도는 이상했다.

"너를 발견했을 때 정확한 나이를 짐작할 수 없지만 너는 그때 돌도 아직 지나지 않은 갓난아기였다."

검마와 함께 새로운 경지에 이른 마의도 설천의 문제를 이제야 직시할 수 있었다. 그동안은 알고 있었으나 무시하고 있었던 것, 아니, 믿고 싶지 않았던 것이라 말하는 것이 옳을 것이다.

기를 빠르게 흡정하는 것과 다른 아이들보다 비약적인 성장 속도의 조합은 설천에게 득이 될 수도 있었지만, 이는 양날의 검과 같았다. 일반인과 다른 비정상적인 성장은 육체에

무리를 줄 뿐만 아니라 빠르게 노화될 가능성을 가지고 있었기 때문이다.

심안을 얻은 검마와 새로운 깨달음을 얻은 마의는 이전까지 그 문제점을 심각하게 여기지 않았다. 그러나 한 단계 더 높은 차원에 이른 둘의 눈에 믿을 수 없는 방법으로 기를 축적시키며 하루가 다르게 변하는 설천의 몸 상태는 위태로워 보였다.

상식을 초월할 정도의 빠른 성장이었다. 그렇다면 몸의 조화가 언제 깨져도 이상할 것이 없는 상태일 것이다. 게다가 이런 속도의 성장이라면 언제 성장이 끝나고 노화가 진행될지 알 수 없는 노릇이었다.

"영감이 보기엔 어떻소?"

검마의 물음엔 걱정이 가득했다. 아직 어린아이에게 이런 일이 닥쳤다는 것이 못내 가슴이 아팠다. 피도 눈물도 없는 마인이었지만, 설천은 그에겐 아들이자 제자였으며 유일하게 정을 준 아이였다.

"온몸으로 기를 흡정하여 남들보다 빠른 진전과 성장을 이루고 있다. 하나, 신체조직의 발달이 너무 빨라."

"그 말이 무슨 뜻이오?"

독마군의 목소리도 떨려왔다.

"단명하게 될 것이다."

마의의 선언에 세 마두는 침묵에 휩싸였다.

"방법이 없는 것인가?"

검마가 떨리는 목소리로 물었다. 마의가 힘겹게 고개를 저었다. 설천은 세 마인의 이야기를 묵묵히 듣고 있었다. 어린 아이가 감당할 수 없을 정도의 힘겨운 내용이었다. 그럼에도 세 마인은 설천이 자신의 상태를 알아야 한다고 생각했다.

설천을 아끼고 자식처럼 여겼지만 그들은 뼛속까지 무인이자 마인이었다. 자신의 약점을 알고 그것을 극복해야 살아남을 수 있다는 생각을 가지고 있었기 때문에 설천을 아이 취급하며 쉬쉬할 생각은 없었다.

"그럼, 저는 언제 죽게 되는 건가요?"

설천의 또랑또랑한 목소리에 세 마두는 흠칫 몸을 떨었다. 설천에게 알려줘야 하고 극복해야 할 문제였지만, 아직 어린 아이에게 무거운 짐을 안겨준 것 같아 입맛이 썼다.

부모형제 하나 없이 괴팍한 자신들의 손에 큰 애처로운 아이다. 보듬어주어도 모자랄 판에 일찍 죽을지도 모른다는 사실을 알려주는 것이 안타까웠다. 게다가 자신들의 긴 수명이 죄스럽게 여겨졌다.

"내가 죽게 내버려 두지 않으마."

"그럴 일은 없을 것이다."

"넌 죽지 않아."

세 마두는 하나같이 입을 모아 말했다.

"하지만 제 몸이 빠른 속도로 늙어가고 있다면서요?"

설천의 대꾸에 모두 꿀 먹은 벙어리가 되었다.

"제길, 신마변이대법(神魔變異大法)만 익혔더라면 이런 걱정은 하지 않아도 되는 것인데……."

마의의 입에서 한스러운 목소리가 흘러나왔다.

"신마변이대법?"

독마군의 물음에 마의가 고개를 끄덕였다.

"육체의 체질을 자유자재로 바꿀 수 있는 대법이다. 단전이 사라지거나 중상을 입은 자도 몸의 기운을 바꿔 정상으로 돌릴 수 있는 방법이지."

"그거, 흡혈광마가 익힌 무공 아니오?"

검마의 목소리에 혐오가 가득했다.

"그렇다. 하나, 그 무공은 원래 사람을 치료하고자 하는 의에서 시작된 것이다."

흡혈광마는 타인의 몸에서 기와 혈을 빼앗아 자신의 것으로 만드는 마인 중에서도 악질적인 부류에 속했다. 타인의 기를 자신의 것으로 만들기 위해서는 자신의 기혈과 몸 상태를 세심하게 조정할 수 있는 무공이 필요했다.

세심하게 기와 혈을 조정하는 수법으로 타인의 기와 동화를 이뤄 자신의 것으로 만드는 것. 신마변이대법의 첫 시작은 의에서 비롯되었으나, 잔인한 마인의 손에 의해 희대의 마공으로 변질되어 버린 것이다.

"그것을 익힌다면 설천이의 빠른 성장 속도를 조정할 수 있다는 건가?"

"신체의 활성화를 최대한 억제한다면 가능할 것이네. 하나……."

"하나?"

"흡혈광마가 살인을 일삼아왔기에 그의 무공서도 금마공으로 취급당해 금서당에 묶여 있지."

"금서당이라면 마입관에 있는 그 금서당 말이지?"

마입관은 천마신교 최고의 교육기관답게 모든 무공서를 소장하고 있었다. 비록 그것이 금서라 할지라도 연구할 가치가 있었기 때문이었다.

"그렇다."

"이걸 순리라 하는 모양이군."

"킬킬, 그나저나 어쩐다냐? 검마야, 마입관에 들어가려면 영락없이 비영검에게 배워야겠구나."

마의는 재미있다는 듯 킬킬거렸다.

"끙!"

검마는 속이 상한 듯 끙끙거렸지만 아무 말도 할 수 없었다.

"뭐, 천지만물에게서 모두 배울 점이 있으니 너무 서운하게 생각하지 마시게."

"홍, 그깟 놈에게 배울 것은 마입관에 들어가는 기술뿐이야."

그래도 속이 상했는지 검마가 한마디 했다.

"꼭 흑풍 마림원에 입교해서 마입관에 갈 수 있도록 할게요."

설천은 세 의부에게 다짐하듯 말했다.

第七章
마림원 입학시험

마도
공자

흑풍 마림원은 천마신교의 실력있는 인재들이 모이는 교육기관 중에서 최고의 인재만을 선발해 가르친다. 뿐만 아니라 천마신교에서 두각을 나타내는 인재들을 영입하여 교사로 채용했다. 때문에 마입관으로 가는 지름길이자 필수적인 단계로 여겨진다. 그도 그럴 것이, 마입관은 모두 흑풍 마림원 출신의 학생들이 합격하기 때문이다.

원래 흑풍 마림원은 그리 유명한 마림원이 아니었다. 그러나 천마신교 오대고수로 손꼽히는 비영검 기철상이 학장으로 부임하면서부터 그 위상과 진학률이 확 바뀌었다.

비영검이 학장으로 취임한 지도 어언 삼십오 년이 지난 지금의 흑풍 마림원은 마입관과 어깨를 나란히 할 정도로 명문으로 자리 잡았으며, 교육계 안에서 비영검의 위치 또한 무시할 수 없는 자리에 올랐다.

처음 비영검이 마림원 학장으로 부임할 당시엔 아무리 고수라 할지라도 가르치는 것은 어림없을 것이라는 의견이 지배적이었다.

"비영검이 무공 고수지 가르치는 걸로 고수는 아니잖아?"

비영검은 그런 사람들을 비웃기라도 하듯이 흑풍 마림원을 명문 마림원으로 바꾸어놓았다.

뛰어난 무인이라고 해서 뛰어난 스승이 되기는 어렵다. 그럼에도 비영검은 그 두 가지 일을 동시에 이뤄낸 것이다. 게다가 비영검은 마인답지 않게 모든 것에 공명정대하고 옳은 것을 추구했다. 그런 그를 정파에서도 높게 평가하여 마의군자라 칭할 정도였으니 교육자로 타고났다고 봐도 무방했다.

"그래, 올해는 어떤 인재들이 들어올지 기대가 되는군."

시험을 앞두고 초조한 얼굴의 아이들이 줄을 서서 기다리는 모습에 입가에 인자한 미소를 지으며 비영검이 중얼거렸다.

흑풍 마림원의 시험은 다른 마림원과는 조금 달랐다. 일반 마림원이 각자 자신있는 무공을 선보이는 간단한 시험을 치른다면, 흑풍 마림원은 일차 시험에서는 자신있는 세 가지 무공을 선보여 평가하고, 이차 시험은 조금 난이도를 높여 상황에 따른 대처 능력을 평가할 수 있는 시험을 본다.

일차 시험은 세 가지, 외공, 병기, 내공의 성취를 보일 수 있는 무공을 하나씩 시험하게 된다. 이는 내, 외공의 조화와 자신이 사용하는 병기를 얼마나 잘 이해하고, 사용하는지를 살펴보기 위함이었다.

이차 시험은 무공의 성취와 실제 운용 능력을 평가하기 위한 것으로, 어찌 보면 굉장히 간단해 보일 수 있었지만, 첫 번째 시험보다 더 까다로웠다.

무공이란 실력과 경험이 조화가 되어야 하는 것이기에 합리적인 시험 방식이라 볼 수 있지만, 아직 경험이 부족한 아이들이기에 더욱 어렵게 느껴지는 시험이다.

일차 시험이 본신의 능력을 시험하기 때문에 연무장에서 진행되는 반면 이차 시험은 대처 능력을 시험하기 위해 수련동에서 이뤄졌다.

"먼저 각자 자신있는 무공을 펼쳐 보아라."

다섯 명씩 조를 이룬 아이들에게 먼저 각자 자신있는 무공을 선보이라는 것은 긴장을 풀어주고 자신감을 심어주기 위해서 마련된 포석이다.

그러나 같이 시험을 보는 아이들 중에 뛰어난 인재가 있다면 시험이 끝나는 내내 자신감을 찾을 수 없을 것이다. 아직 어린아이들이라 허공에 주먹질이나 발길질을 몇 번 하는 것이 고작이었지만, 다른 마림원에 지원하는 아이들보다 수준이 뛰어났다. 그럼에도 이곳 흑풍 마림원의 합격 기준에는 한참 부족했다.

'저 아이는 근골은 좋은데 자세가 좋지 못하군. 게다가 심법의 기초도 제대로 익히지 못했어.'

비영검은 아이들의 모습을 빠르게 훑으며 장단점을 귀신같이 찾아냈다. 오랜 시간 아이들을 지도하다 보니 걷는 모습만 보아도 아이들의 무공 실력과 문제점을 훤하게 알 수 있었다.

"명원학관, 백환 앞으로."

시험관의 호명이 있자 잠시 아이들이 술렁였다.

"명원학관의 백환이면 외공으로 유명한 그 아이 맞지?"

"한 손으로 돌을 가루로 만든다는 괴물?"

비영검은 극성으로 발달한 기감으로 아이들이 속닥이는 소리를 들었다.

'외공에 재능이 있는 아이인가? 재미있을 것 같군.'

백환은 떡 벌어진 어깨와 듬직한 체구를 가지고 있어 아이라 보기 어려웠다. 그런 모습에 비영검은 고개를 끄덕였다.

"그럼, 시작하겠습니다."

씩씩한 목소리로 시험관에게 인사한 백환은 소매를 걷어 올렸다. 아이의 몸이라 생각할 수 없는 탄탄한 근육이 드러났다.

"와!"

"대단하다."

아이들은 시험이라는 것도 잊고 감탄사를 터뜨렸다. 아직 불완전하지만 엄청난 힘과 근기가 느껴지는 백환의 몸은 힘과 투지가 넘쳐 보였다.

"이얍!"

쾅!

백환은 구령과 함께 연무장의 바닥을 내려쳤다. 연무장에 백환의 주먹 모양의 자국이 선명하게 남았다.

"흠."

'저 나이에 저 정도의 외공이라니…….'

비영검을 비롯한 시험관들의 입가엔 흡족한 웃음이 걸렸다.

'됐다!'

백환은 날아갈 듯한 기분이었다. 그 어렵다는 흑풍 마림원의 시험에서 이 정도의 반응이라면 합격을 따놓은 것이나 마찬가지였다.

'이렇게 된 거, 수석을 노려봐?'

백환은 슬며시 욕심이 생겼다. 그러나 뒷줄에서 여행이라도 나온 듯 느긋한 표정으로 주위를 살피는 귀공자의 얼굴이 눈에 띄자 욕심을 접었다.

'아니야. 저 괴물이 있는데 욕심을 버리자.'

백환은 고개를 흔들고 시험에 집중했다.

"다음은 병기를 다루는 시험이다. 먼저, 사용할 병기를 고르도록 해라."

시험관의 말이 떨어지기가 무섭게 백환은 도를 잡았다. 백환은 천천히 기를 끌어올려 입마도법을 펼쳐 보였다. 학관에서 가르치는 중, 상급 정도의 도법으로 무식한 외공이 담긴 도식은 날카로운 기세는 없었지만 힘이 넘쳤다.

'도법은 많이 다듬어야겠군. 좀 더 다듬고 배운다면 금방 절정고수가 되겠어.'

비영검은 백환의 도식을 바라보며 나름의 평가를 내렸다.

"다음은 내공의 운용이다."

시험관의 말에 백환의 몸이 긴장으로 굳는 것을 느낄 수 있었다. 외공과 도법은 어느 정도 자신이 있었지만, 내공 운용은 백환이 가장 어려워하는 부분이었다.

'할 수 있어! 자신을 가지고 해보는 거다!'

백환은 도를 잡은 손에 힘을 주고 천천히 기를 끌어올렸다. 단전에서 끌어올린 진기를 도병을 통해 흘려보내자 천천히 기가 도신을 감싸는 것이 느껴졌다.

"어떠십니까?"

"아이인데 저 정도의 성취라면 훌륭하군."

"합격!"

비영검의 허락이 떨어지자 백환을 감독하던 시험관이 합격을 알렸다. 백환은 기뻐서 두 주먹을 불끈 쥐었다. 시험을 치르기 위해 기다리고 있는 다른 아이들의 얼굴에 부러움이 묻어났다. 백환은 합격 후 느긋한 마음으로 시험장 구석으로 물러났다. 앞으로 경쟁자가 될지도 모르는 아이들의 실력을 알아두는 것도 좋을 것 같았다. 게다가 실력을 확인하고 싶은 사람도 있었다.

'천우룡!'

백환은 아이들 사이에서 유람이라도 나온 듯 태연한 표정으로 서 있는 아이를 발견했다. 이목구비가 뚜렷한 그 얼굴엔 아이에게 어울리지 않는 서늘한 기운이 풍기고 있었다. 백환과 시험장에 있는 사람들 모두 그에게 시선을 집중하고 있다는 것을 느낄 수 있었다.

"마원학관의 천우룡, 앞으로!"

천우룡의 이름이 호명되자 연무장 안은 쥐 죽은 듯 고요해졌다. 비영검도 아이의 이름이 호명되자 몸을 굳혔다. 천마신교 교주의 혈손인 천우룡. 어린아이답지 않게 뛰어난 실력과 잔인한 손속으로 모두의 두려움의 대상인 아이.

천우룡은 무료한 표정으로 앞으로 걸어나왔다.

"외공 먼저 펼쳐 보아라."

시험관의 말에 천우룡의 입매가 뒤틀렸다. 비영검은 불안한 마음으로 아이를 바라봤다.

"외공이라……."

천우룡은 잠시 생각에 잠겼다. 고민하던 천우룡의 입가에 차가운 미소가 걸렸다.

콰아앙!

천우룡은 보법으로 연무장에 남겨진 백환의 손자국을 짓밟았다. 기가 실린 각법으로 움푹 들어가 있던 백환의 손자국은 형태도 없이 으스러져 버렸다. 외공의 시험으로 연무장에 여러 흔적이 남았지만 백환이 남긴 자국이 가장 선명했기 때문에 일부러 그곳을 엉망으로 만들어 버린 것이다.

"끝났습니다."

천우룡의 대답에 좌중은 모두 조용해졌다. 비영검은 천우룡의 뛰어난 실력에 감탄했지만, 그의 잔인한 성정엔 치를 떨었다.

지금까지 천우룡을 제외한 가장 뛰어난 아이였던 백환의 무공을 짓밟아버리듯 그의 손자국을 지우고 자신의 발자국을 새긴 천우룡의 행태는 어른 못지않게 잔인한 지배자의 모습이었다.

'만약 저 아이가 교주가 된다면 천마신교에 피바람이 불 것이다.'

"다, 다음 시험에 사용할 병기를 골라라."

시험관의 목소리도 떨렸다.

비영검은 등줄기로 식은땀이 흘러내리는 것을 느꼈다. 아이들도 잔뜩 겁을 집어먹고 얼굴이 하얗게 질려 버렸다.

'시시하군.'

천우룡은 자신의 각법 한 번에 질린 얼굴로 꼬리를 내리는 아이들과 시험관의 표정에 실망했다. 교주의 손자로 누구도 함부로 할 수 없는 지위에 있다는 것은 지루했다. 아무도 자신의 의견을 거스르지 못했고, 쩔쩔매면서 눈치를 살피는 모습에 넌더리가 났다.

천우룡은 손에 잡히는 검 한 자루를 뽑아 들었다.

'대충 아무 검법이나 하면 되겠어.'

천우룡은 무표정한 얼굴로 학관에서 가르치는 상급 검법인 복마검법을 선보였다. 적절한 검세와 기 운용, 그리고 호흡법과 보법이 어우러진 모습에 비영검은 감탄하면서도 안타까운 심정이었다.

'이리 뛰어난 아이가 잔인한 성정이라니…….'

공기를 가르는 검풍과 선명하게 발현되는 검기는 다시 한 번 아이들과 시험관을 경악에 빠뜨렸다. 아직 나이가 어려 검법을 시전하면서 검기까지 만들어내는 것은 불가능에 가까웠기 때문이다.

"이 정도면 됩니까?"

"그, 그래, 벌써 검기를 발출할 줄 아는구나. 험험."

시험관도 넋을 놓고 볼 정도로 깔끔한 검법이었다. 내공심법과 기 운용을 따로 시험해 보지 않아도 알 수 있을 만큼.

"학장님?"

시험관이 비영검의 뜻을 물었지만 두말할 필요도 없이 합격이었다.

"내공 시험은 필요없을 것 같군."

"합격!"

두 번의 시험만으로 천우룡의 무공을 짐작할 수 있었기에 비영검은 합격 발표를 허락했다. 아이들 사이에서도 천우룡의 완벽한 검법에 놀라워하고 있었기에 시험장은 쥐 죽은 듯 고요했다. 모두 경악한 얼굴로 천우룡을 바라보고 있었다.

"이제 제 차렌가요?"

그때 설천의 흔들림없는 목소리가 울려 퍼졌다. 설천의 물음에 시험관이 퍼뜩 정신을 차렸다.

"어? 그래. 너는……."

정신을 차린 시험관이 서류를 뒤적였다.

"중정학관 마설천입니다."

시험관은 천우룡의 어마어마한 무위 바로 다음 차례로 나선 설천이 기가 죽었을 것이라 생각했다. 아무리 뛰어난 인재라도 방금 전의 무위는 불가능해 보였다. 게다가 모든 것이 미숙한 아이가 아닌가.

"기죽을 것 없다. 너는 네 나름대로의 무공을 보이면 되니까."

시험관은 설천을 격려하려 말했다.

"네? 그럼 꼭 앞에서 한 아이들과 똑같이 할 필요는 없는 건가요?"

설천은 궁금하다는 듯 물었다. 나른하게 다른 아이들을 바라보던 천우룡은 엉뚱한 대답을 하고 있는 설천에게 고개를 돌렸다.

'내 바로 뒤에 무공을 선보여야 하는 부담감에 엉뚱한 행동으로 튀어 보려는 것일까?'

천우룡은 설천의 기도를 살폈다.

'특이한 녀석이군.'

기감을 전혀 느낄 수 없는 평범한 체구에 허름해 보이는 입성. 명문 집안 자제로 보이진 않았다.

"이런 것도 될까요?"

설천은 호흡을 가다듬고 단전으로 기를 갈무리했다.

"얍!"

단전에 갈무리한 기를 온몸의 기혈로 방출했다. 외부로 방출된 기로 주변의 먼지를 가라앉히고 엉망이 된 연무장 바닥을 보법으로 살짝 밟았다.

파사삭!

낙엽이 부서지는 소리처럼 작은 파열음과 함께 엉망으로 부서진 바닥이 복구되었다. 울퉁불퉁 튀어나왔던 돌들이 잘게 부서지며, 푹 파인 부분을 메웠다.

투둑!

모든 물질은 자신이 가지고 있는 형태를 기억하고 있다. 설천은 망가진 연무장의 돌에 원래 상태로 돌아갈 수 있는 기를 제공한 것이다. 이는 독마군이 가르친 정동지심(情動至心)의 묘리가 담긴 한 수였다.

연무장은 원래의 형체를 알아볼 수 없을 정도로 엉망이어서 완벽하게 처음 상태로 돌아가진 않았다. 그러나 벽력탄이 터졌던 것처럼 아수라장이었던 연무장 바닥이 다시 평평해진 것이다.

비영검은 자신의 눈을 의심했다. 천우룡의 잔인할 정도의 무위도 놀라웠지만 지금 설천의 무위는 초절정고수도 이루기 어렵다는 한 수였기 때문이다.

'놀랍군.'

천우룡도 설천의 무위에 감탄했다. 기를 확장해 주변의 먼지를 가라앉히고 바닥으로 기를 흘려보내 구멍을 메우는 수는 미세한 기 조절이 가능하다는 것이다.

그것도 기를 받아들일 수 있는 무기가 아닌 일반 사물에까지 영향을 미친다는 것은 그만큼 공력의 성취가 깊다는 것을 말한다. 내력을 외공으로 변환해 연무장의 바닥을 고른 능력은 외공의 사용과 안배가 놀라운 수준에 이르렀다는 것을 말해준다.

비영검과 천우룡은 놀란 눈으로 설천을 바라봤지만, 다른 아이들은 그 뛰어난 능력을 알아볼 수 없었다. 그만큼 설천의 무위는 놀라운 것이었기 때문이다.

'무슨? 연무장을 고치는 데도 공능이 필요한가? 저런 말도 안 되는 걸로 합격할 수 있다고?

백환은 어이가 없어 피식 웃음을 지었다.

"훌륭하구나. 이리 정교한 외공이라니……. 기의 운용법이 신묘할 정도였다. 일반 외공보다 더 어려운 공능을 보여줬으니 통과다. 다음 시험은 어떤 병기를 사용하겠니?"

시험관의 말에 백환은 입을 떡 벌렸다.

'말도 안 돼! 저것이 일반 외공보다 어려운 공능이라고?'

백환과 아이들이 놀라는 것도 모르고 설천은 병기들을 꼼꼼하게 살폈다. 검과 도는 물론이고 봉과 창, 곤과 겸까지 다양한 종류의 무기들이 구비되어 있었다.

그러나 설천은 선뜻 무기를 집어 들 수 없었다. 봉마곡에서 손에 잡았던 것은 모두 일을 하기 위해 필요했던 도구였지 무공을 선보이기 위한 무기가 아니었기에 선택하기가 어려웠다.

물론 학관에서도 여러 병기를 가지고 수련을 했었다. 그러나 어느 한 종류의 무기에 애착이 있는 것이 아니었기에 망설여졌다. 그러다가 검마가 무아지경에 빠져 검을 수련하던 모습이 떠올랐다. 설천은 잠시 머뭇거리다가 검을 집어 들었다. 조금은 어색했지만 검마의 움직임을 지켜봐 온 가락이 있어 자세와 기도는 안정되어 있었다.

검을 잡은 설천은 앞에서 시험 본 아이들의 모습과 학관에서 배웠던 기본 검법들을 떠올렸다. 그러나 곧 고개를 저었다. 기본 검법은 이미 앞에서 아이들이 모두 한 번씩은 해 보였던 것이다. 게다가 그 검법들은 설천에게는 낯설게 느껴졌다. 무언가를 베고, 찌르고, 자르기 위해 존재하는 검법은 설천에게는 맞지 않는 옷을 입은 양 어색하게 느껴졌다.

어색하게 느껴지는 검법을 중요한 시험에서 선보일 수는 없는 일.

'그럼 무얼 한다?'

설천은 잠시 고민에 잠겨 있다가 검마의 검무가 떠오르자 빙긋 웃으며 검을 들어 올렸다. 강한 듯하지만 부드럽고 부드러운 듯하지만 날카롭게 움직이는 검의 움직임을 비영검은 단번에 알아보았다.

'저것은?!'

화들짝 놀란 비영검이 자리에서 벌떡 일어났다. 파괴적이지만 부드럽고 날카로운 기세가 흐르는 검무! 그것은 분명 비영검의 독문검법인 광뇌풍검법(獷雷風劍法)이었다. 분명 자신의 독문검법이었으나, 설천의 검무에선 광뇌풍검법이 가진 광폭함보다는 부드러움이, 파괴적인 힘보다는 웅대한 기상이 느껴졌다.

'광뇌풍검법! 어찌 저 검법을……. 게다가 저 검법이 저런 기운을 가지고 있을 줄이야.'

비영검은 머리를 한 대 맞은 듯한 기분이었다. 자신의 손에서는 파괴적인 성향을 일으키던 그 검법이 작은 아이의 손에서는 모든 것을 포용하는 절대자의 웅혼한 기상을 드러내고 있었다.

'그동안 헛살았구나. 자신의 검법에 저런 경지가 있었음에도 몰랐다니……'

비영검은 설천의 검무에 홀려 넋을 잃었다. 다른 감독관들은 학장인 비영검의 얼굴색이 변하자 뭔가 중요한 일이 벌어졌다는 것을 직감했다.

그러나 설천이 펼치는 검무가 학장의 독문무공인 광뇌풍검법이라는 것을 알아보는 이는 없었다. 천마신교의 무공답게 강맹한 기운을 뿜어내는 그 검법이 이리 조용한 검무로 펼쳐지고 있다는 것은 꿈도 못 꿀 일이었다.

검마조차도 심검창조의 경지에 이르기 전까지는 광뇌풍검법을 한번 펼치고 나면 주변 삼 장 안의 모든 것이 초토화되어 버리곤 했다.

'도대체 저 아이는 누구란 말인가?'

다른 무인이었다면 자신의 독문무공을 펼치는 사람에 대한 맹렬한 적개심과 의심의 눈초리를 보낼 것이다. 그러나 비영검은 설천의 뛰어난 실력과 검법에 대해 새로운 경지를 일깨워 준 놀라운 자질에 감탄했다. 그럼에도 가슴 한편에는 설천에 대한 의구심을 지울 수 없었다.

"이게 끝인데요?"

검무를 펼친 설천은 주변의 공기가 심상치 않다는 것을 느낄 수 있었다. 검무를 마친 지 한참이 지났건만 아무도 그의 검무에 대한 평이 없었다. 시험관들은 비영검의 눈치를 살피느라 조용했고, 아이들은 그런 시험관들의 태도에 어리둥절해 있었다.

'떨어진 걸까?'

검마 의부의 검무는 설천이 보기에도 멋졌지만 하고 나면 부작용이 심했다. 삼 장 안의 나무는 모두 뿌리째 뽑혀 나갔고, 바닥까지 움푹 파이곤 했다. 그래서 설천은 검무의 파괴적인 기운을 최대한 줄이고 검무를 췄다. 주변의 반응이 너무나 조용해 설천은 걱정이 앞섰다.

'설마 저 아이가? 아니다. 그럴 리 없다.'

비영검은 자신의 제자였던 인열의 단정한 얼굴이 떠올랐다. 그러나 곧 고개를 저었다.

"흠흠, 학장님."

오랫동안 아무 말도 없는 학장의 모습에 당황한 시험관 하나가 비영검을 불렀다. 비영검은 그제야 상념에서 벗어나 설천을 바라봤다. 긴장한 얼굴로 자신을 바라보는 소년이 기특하기도 하고 어디서 누구에게 무공을 전수받았는지 궁금했다.

"그래, 훌륭한 검무구나. 누구에게 배운 것이냐?"

설천은 비영검의 말에 안도의 한숨을 내쉬었다. 다행히도 떨어진 것은 아닌 것 같았다.

"의부님께 배웠어요."

"의부?"

비영검은 설천의 말에 떠오르는 이가 없었다.

'그렇다면 그 의부라는 이가 무공을 훔친 것일까?'

"내력 시험은 어찌할까요?"

시험관이 다음 시험 이야기를 꺼내며 병기 시험의 통과 여부를 물었다.

"내공은 사용할 줄 아니?"

비영검이 설천에게 물었다. 설천은 고개를 끄덕이며 검에 내력을 주입했다.

'저번에 검마 의부님과 선생님이 사아를 보고 놀랐으니 이번엔 조심해야겠다.'

설천은 본능적으로 살아 있는 검기인 사아를 꺼내지 않는 게 좋겠다는 결정을 내렸다. 왜인지는 모르겠지만 봉마곡의 의부들과 백중철이 놀라는 기색이 역력했기 때문이다.

'이 정도면 충분하겠지?'

설천은 검에 흐릿한 금빛이 감돌 정도로 내력을 끌어올렸다. 아까 다른 아이들이 검에 어느 정도의 내력을 싣는지 눈여겨봐 뒀던 덕분에 검신에 맺힌 기를 어느 정도까지 조절해야 할지 감을 잡은 후였다.

'허! 이 녀석이?'

비영검은 설천이 검신에 기를 불어넣고 있음에도 얼굴색

하나 변하지 않는 것을 알아챘다. 다른 아이들은 검에 기를 불어넣는 것만으로도 힘겨워 얼굴색이 창백하게 변하거나 숨을 헐떡였다. 설천의 멀쩡한 모습은 모든 힘을 쓰지 않았다는 것을 말해주고 있었다.

'얼마나 더 할 수 있는지 한번 알아볼까?'

비영검은 시험 중이라는 것도 잊고 설천이라는 아이의 실력을 확인해 보고 싶은 마음이 생겼다.

"흠, 내공 운용이 불안정한 것 같구나."

비영검은 짐짓 못마땅하다는 듯 말했다.

'어쩌지? 이러다가 떨어지면 안 돼!'

설천은 아까 검무 뒤에 무서울 정도로 조용했던 비영검을 떠올리곤 불안해졌다.

"이것보다 더 잘할 수 있어요."

비영검의 말에 설천만 놀란 것이 아니었다. 시험관인 동평은 비영검이 시험을 치르면서 처음으로 아이에게 말을 건 것도 놀라웠지만, 뛰어난 실력을 보인 아이에게 못한다고 타박을 하는 비영검의 모습도 처음이었다.

게다가 설천의 대답이 더욱 놀라웠다. 지금도 중급 무인 정도의 내력을 검에 쏟아붓고 있는데 더 잘할 수 있다니? 혹 떨어질까 불안해서 하는 말이 아닌가 싶어 동평은 아이를 말리려 몸을 움직였다.

그 순간 비영검은 동평의 어깨를 슬며시 잡았다. 동평은 비영검의 제지에 당황했지만, 그의 눈에서 평소에 볼 수 없었던 호기심을 읽고 가만히 자리를 지켰다.

"그래? 어디 한번 보여다오."

시험장 안의 시선은 설천과 비영검에게 집중되어 있었다. 이미 다른 아이들은 뒷전으로 밀린 상태였다.

'역시 아이라 단순하군. 나도 그자들과 다를 바가 없군. 어린아이를 상대로 사기나 치다니……'

비영검은 능구렁이 같은 천마신교의 장로들을 떠올리며 쓸쓸하게 웃었다. 그러나 다음 순간 한층 뚜렷해진 검기를 보자 눈빛이 바뀌었다. 좀 전까지는 흐릿한 금빛을 띠던 검이 이제는 은은한 금빛으로 물들어 있었다. 마치 검신 전체가 황금빛 보석으로 만들어진 것 같았다.

'이 아이는 이미 완벽한 검기를 만들어낼 줄 안다. 그럼에도 그걸 숨기고 있어. 게다가 광뇌풍검법을 익히고 있다.'

비영검은 자신을 시험하기 위해 누군가가 설천을 보낸 것이 아닌가 하는 의심을 지울 수 없었다. 하나 곧 고개를 저었다.

'또 다른 파란을 원하는 것인가? 게다가 어 어린아이를 이용해서? 그렇다고 얻는 것이 무엇이란 말인가?'

비영검은 젊은 나이에 스러진 자신의 제자 인열을 떠올렸다. 다시는 권력 다툼에 아이들을 잃고 싶지 않았다.

"사실이구나. 앞으로 더 노력하면 검기를 완벽하게 만들어낼 수 있을 것이다. 합격이다."

비영검은 얼굴을 딱딱하게 굳히고 합격을 알렸다.

아이들은 설천의 시험 모습에 얼이 빠졌다. 처음엔 이상한 공능으로 연무장을 깨끗하게 만들더니, 다음엔 검무를 추고 나중엔 학장인 비영검까지 나서서 질문을 했다. 그러나 비영검은 칭찬이 아닌 타박의 말을 늘어놓더니 합격이란다. 녀석의 무공이 뛰어난 것인지 종잡을 수가 없었다.

게다가 아이들이 보기에 설천의 무위는 뛰어나 보이지 않았다. 처음의 공능은 고작 바닥 청소한 정도로 여겨졌고, 두 번째 시험에선 맥없어 보이는 검무를 춘 것이고, 마지막 시험에선 비영검의 타박이나 듣지 않았는가?

그럼에도 합격이라는 말에 고개를 갸웃거렸으나, 학장인 비영검의 결정이었기에 아이들은 다른 수험자에게 시선을 돌렸다.

그러나 설천에게서 눈을 떼지 못하는 두 아이가 있었다. 한 아이는 바로 설천에게 떡이 되도록 맞고 봉마곡까지 끌려가 혼절했던 장우기였다.

장우기는 천우룡의 뛰어난 무위에 놀라워하다가 엉뚱한 소리를 지껄이는 설천을 발견한 것이다. 설천의 합격에 경악한 장우기는 재빨리 머리를 굴렸다. 설천이 합격했다는 것은 마림원에서 함께 공부를 해야 한다는 것이다. 우선 자신이 붙어야 가능한 일이었지만, 장우기는 추호도 자신이 떨어질 것이라고는 생각하지 않았다.

'저 자식이 합격해서 같이 수련하는 건 생각하고 싶지도 않아. 저 녀석은 분명 나를 알아보고 괴롭힐 거야. 게다가 내가 울면서 혼절했던 것도 직접 목격했으니 그걸 빌미로 나를 협박할 수도 있다.'

장우기는 어찌해야 될지 고심했다.

'어떻게 하면 저 녀석을 마림원에 발도 못 붙이게 할 수 있을까?'

"재미있군."

장우기가 머리를 굴리고 있을 때 천우룡의 냉정한 목소리가 귓전에 들려왔다. 감정이라곤 조금도 찾아볼 수 없는 얼굴에 흥미로움이 언뜻 비쳤다.

'이거야. 그 자식이 함부로 할 수 없는 연줄을 만드는 거야.'

"이상한 녀석이지? 하지만 무시할 수 없는 녀석이야."

천우룡은 장우기를 마치 벌레 보듯 무표정한 얼굴로 바라봤다.

'젠장! 교주 손자만 아니라면 당장 요절을 낼 텐데.'

장우기는 입맛이 썼다. 그러나 상대는 자신보다 높은 지위에 무공도 뛰어나다. 장우기는 영악한 아이답게 고개를 숙일 때를 알았다.

"저 녀석이 헛소리를 지껄이는 것 같지만 무공이 꽤 뛰어

나. 게다가 저 녀석, 특이하게도 대부분의 무공을 집안일로 배웠다는 소문이야."

봉마곡에서 까무러치고 난 후 장우기는 복수를 다짐하며 설천의 뒷조사를 한 적이 있다. 그 정보를 슬쩍 흘리자 무표정하던 천우룡의 눈빛이 바뀌었다.

第八章

비영검의 결심

마도
공자

뇌옥 안을 걷는 풍비호의 미간은 찌푸려져 있었다. 피와 광기의 냄새가 뇌옥 안을 가득 채우고 있었기 때문이다.

"킬킬, 어떠냐? 멀쩡한 녀석도 미칠 정도의 멋진 기운이지?"

길잡이를 하고 있는 흑의노인의 목소리에 풍비호는 더욱 짜증이 났다.

"주화입마에 빠지지나 않으면 다행이겠군."

"모르는 소리! 이 기운이야말로 진짜 마인의 본성이다."

흑의노인의 목소리에 풍비호는 등골이 오싹했다. 오랜 세월 동안 천산에 안주하고 있어도 마인은 피와 전쟁을 갈구하는 존재. 마인의 본능을 노인의 말에서 깨달았던 것이다.

"대력살신이라……. 여기 미친놈들 중에서는 가장 재미있는 놈이지."

대력살신은 살문이라는 살수 집단에 속한 마인이었다. 살문 살수 중에서도 최고의 실력을 가진 그가 광증을 보인 것은 한 의뢰를 실패하고 난 후였다.

"그놈의 안개타령이 좀 지겹기는 하지만, 그래도 말이 통하는 놈은 그놈 하나거든."

노인의 말에 풍비호의 미간이 더욱 좁아졌다.

기이한 안개. 대력살신이 광증을 보인 후 그의 입에서는 알 수 없는 신비 세력에 대한 이야기가 나왔다. 기를 흡입하는 안개, 모든 것을 집어삼킬 세력. 대력살신의 이야기 모두 광증에서 나온 헛소리라 생각했다.

"다 죽게 될 거다. 모두 다!"

미쳐 날뛰면서도 그는 끝까지 예언과 같은 이야기를 멈추지 않았다. 무언가에 홀린 듯 그는 사람들을 죽이면서도 두려움에 떨었다.

"어이, 살신! 손님이다."

노인은 장난스럽게 감옥 문을 퉁퉁 두들겼다. 감옥 안쪽에는 뇌옥과는 어울리지 않는 단정한 옷차림의 사내가 정좌하고 있었다.

"이봐! 손님 왔다니까!"

노인의 말에도 대력살신은 눈을 감고 미동도 없었다.

"나머지는 내가 하겠소."

풍비호는 다시 소리를 지르려는 노인을 말리며 앞으로 나섰다.

"수사당 총사 풍비호요. 기이한 안개에 대한 이야기를 듣고 싶어서 왔소."

풍비호가 안개 이야기를 꺼내자 온몸이 따끔거리는 살기가 폭사하며 대력살신이 눈을 가늘게 떴다.

"살무가 나타났나?"

살신의 목소리는 광인이라 하기엔 차분하고 날카로웠다.

"그렇소."

풍비호의 대꾸에 살신의 입가가 씰룩였다.

"그렇다면 이제 아무것도 소용없어. 돌아가서 죽을 날만 기다리는 수밖에."

머리칼이 곤두설 정도로 거센 살기를 갈무리한 살신은 다시 눈을 꾹 감았다.

"도대체 무엇이 당신을 그렇게 겁먹게 한 것이오?"

"겁을 먹었다?"

살신은 눈도 뜨지 않고 다시 물었다.

"겁을 먹은 것이 아니다. 사실을 말하는 것뿐이다. 그들이 원한다면 세상에 살아남는 것은 아무것도 없을 것이다. 이것은 시작에 불과하다."

살신은 더 이상 이야기하지 않겠다는 듯 입을 다물었다.

"그렇다면 왜 아이들만 죽은 것이오?"

풍비호의 물음에 대력살신의 눈이 번쩍 떠졌다.

"아이들만 죽었다?"

살신의 물음엔 강한 호기심과 흥분이 살짝 묻어났다.

"그렇소. 사내아이만 죽었소."

"크하하하!"

풍비호의 대답에 대력살신은 크게 웃었다.

"도대체 뭐요?"

"그래, 아직 살길이 남아 있을지도 모르겠어. 아니지, 아니야. 이것도 역시 그들의 노림수인가? 도대체 뭘 없애려는 거지? 문제가 생겼군, 그것도 생각지 않은 문제가……"

풍비호는 미친 듯이 웃다가 혼잣말을 중얼거리는 대력살신의 기행을 바라보다 돌아갈 수밖에 없었다.

*　　　*　　　*

"저 녀석에 대해 또 무엇을 알고 있지?"

마치 하인에게 묻듯 자연스레 하대를 하고 있는 천우룡의 모습에 장우기는 속으로 이를 갈았다. 그러나 상대는 자신보다 높은 교주의 손자이자 뛰어난 무공 실력을 가진 무재였다.

"무공 수준이 뛰어나고 기괴한 집안에서 살고 있다는 것

외에 아는 것이 또 뭐가 있냔 말이다."

천우룡의 추궁은 날카로웠다.

"그것이… 녀석은 고아고, 의부들의 손에서 컸다고……."

"그럼 그 기괴한 무공도 의부들에게 배웠다는 건가?"

"아마도 그런 것 같아."

"의부라…… 그들을 봤어?"

장우기는 고개를 저었다. 무공의 묘리는 난해하고 심오하다. 그런 어려운 가르침을 무공으로 직접 전수한 것도 아닌, 평소 생활에 담아서 전했다는 것은 고수가 아니면 불가능하다.

"당분간 심심할 일은 없겠어."

천우룡은 새로운 장난감을 찾았다고 생각했다.

"너는 뭘 바라고 나한테 이런 걸 알려주는 거지?"

천우룡은 자존심이 상한다는 얼굴로 자신에게 굽실거리는 장우기의 모습에 피식 웃음을 흘렸다. 냉소적인 천우룡은 장우기가 단순한 호감을 표현하기 위해 자신에게 정보를 알려주었다고 생각하지 않았다. 당연히 바라는 것이 있기에 자신에게 이런 이야기를 해 주는 것이라 여겼다.

"녀석을 혼내줘. 시험에서 떨어지게 만들어주면 더 좋고."

장우기의 표정은 진지하다 못해 비장했다.

'그런 이유였나?'

천우룡은 실소를 금할 수 없었다. 귀하게 자란 도련님의 자존심이라는 것 때문일 것이다.

"녀석에게 원한이 있군."

천우룡의 비꼬는 말투에 장우기는 이를 악물었다.

'시시한 놈.'

자신의 복수도 남에게 부탁해야 할 정도로 비굴한 녀석. 천
우룡은 장우기에 대한 관심을 끊었다. 하지만 마설천에 대한
기대감은 커졌다. 분명 정동지심의 한 수였다. 초고수의 영역
에 이르지 못하면 쓸 수 없는 수. 그 경지의 무위를 마당 쓸
듯 간단하게 시전해 보인 녀석.

그 놀라운 무위를 알아본 자는 몇 명 되지 않았다. 참관한
시험관 몇몇과 자신 정도일 것이다. 아마도 그것을 펼쳐 보인
자신조차 대단함을 모르는 것 같았다. 천우룡은 마설천이라
는 녀석과 맞붙게 된다면 재미있을 것 같다는 생각이 들었다.

'재미라……'

자신이 잊고 있었던 감정이라 천우룡도 약간 의아했다. 하
나, 무료한 마림원 생활에 심심풀이라 생각했다.

*   *   *

비영검은 오늘 선발한 아이들의 뛰어난 무위를 떠올리며
흐뭇한 미소를 지었다. 하지만 천우룡의 잔인한 손속과 놀라
울 정도의 무위와 광뇌풍검법을 자신보다 더 잘 이해하고 있

는 설천을 떠올리고 고민에 빠졌다.

'잔인한 성정을 가진 교주의 손자와 내 독문무공을 나보다 더 잘 풀어내는 아이라…….'

아직 어린아이에게 맞지 않는 뛰어난 실력은 자칫 일신의 위험을 일으킬 수도 있었다. 게다가 마설천이란 아이의 무공 근원을 짐작조차 할 수 없었다.

뛰어난 자질은 미래의 찬란한 영화를 뜻하기도 했지만, 제거의 대상이 되기도 한다. 그리고 설천을 바라보던 천우룡의 눈빛이 떠올랐다. 마치 먹이를 노리는 맹수의 그것처럼 살기와 흥분으로 술렁이는 눈은 비영검이 보기에도 오싹했다.

'감정이 없는 조각상 같은 천우룡이 마설천에게 흥미를 보였다. 천우룡이 관심을 가진다면 이 일을 교주가 아는 것은 시간문제다. 천우룡에 교주까지 안다면 마설천에게 결코 좋은 일은 없을 것이다.'

비영검은 머리가 아파왔다. 게다가 아이들이 이런 복잡한 상황에 얽혀 있는 것이 불안하기만 했다.

"학장님, 동평입니다."

비영검은 일급 무공 교두인 동평의 목소리에 상념에서 벗어났다.

"오늘 일차 시험에 합격한 아이들의 명단입니다."

비영검에게 명단을 내밀었다.

"그래, 이번 아이들은 어떤 것 같은가?"

"다른 해 아이들보다 분명 뛰어난 것 같습니다. 하나……."

"하나?"

"너무 뛰어나 오히려 그것이 걱정입니다. 게다가 마설천이란 아이는 근본도 알 수 없는 고아 출신이더군요. 어린아이가 뛰어난 실력을 가지고 있으나 보살펴 줄 보호자가 없다면 타인에게 노려질 것은 자명한 일입니다. 이 아이가 일차 합격을 하긴 했으나 앞으로가 걱정입니다. 근본을 알 수 없다 하여 반대하는 목소리가 있을지 모릅니다."

동평은 아이들에게 애정을 가지고 있었다. 오랜 세월 무공을 갈고닦아 검의 극의를 추구하는 그에겐 자신이 가르치는 아이들은 자식과 같았고, 키워주고 싶은 인재였다.

그러나 흑풍 마림원은 복마전 같은 곳이었다. 교육기관이나 정치적 알력이 존재하는 곳. 그런 곳에서 고아 출신의 합격자는 다른 이가 짓밟을 수 있는 하찮은 존재일 뿐이다.

"근본을 알 수 없는 아이라……. 동평, 오늘 그 아이가 펼친 검법이 무슨 검법이었는지 아는가?"

착잡함과 흥분이 동시에 느껴지는 목소리에 동평은 요즘 비영검의 의외의 모습을 계속 발견한다 싶었다. 이십 년 가까이 모셔왔지만 속내를 짐작할 수 없을 정도로 담담한 성품의 소유자가 빼어난 재능의 아이를 보고 비명에 간 제자를 떠올린 것이 아닌가 싶어 안타까운 마음이 들었다.

"제 식견이 부족해 잘 모르겠습니다. 어떤 검법이었습니까?"

동평의 물음에 비영검은 멍하니 동평을 바라봤다.

"자네도 모르는 검법이었군. 이십 년 넘게 나와 함께한 자네조차 알아볼 수 없는 검법이라……."

비영검은 말을 흐렸다.

"마설천 그 아이가 고아라고 했나? 그 아이에 대해 자세히 알아보게. 자네 말대로 능력이 출중한 아이가 보살펴 줄 사람이 없다면 허무하게 스러질지도 모르는 일. 더 이상 아이 하나 지켜주지 못하는 무능력한 어른으로 살지 말아야 할 것이 아닌가."

                    *   *   *

천마신교의 총서관 최영달은 잔뜩 찡그린 얼굴로 아들인 최혁을 바라봤다.

"뭣? 흑풍 마림원 일차 시험에서 낙방을 했다고? 지금 그것을 말이라고 하느냐?"

총서관 최영달은 부귀영화를 위해서라면 물불을 가리지 않는 마인이었다. 게다가 출셋길에 대한 안목이 뛰어나고 자만심이 강한 인물이었다.

고위층 인사로 자신의 자존심에 상처를 내는 일을 허락할 수 없는 그에게 최혁의 낙방 소식은 자존심에 금이 가는 결과였다.

"이런 모자란 놈! 흑풍 마림원 일차 시험에서 낙방을 해! 그것이 무슨 뜻인지 알고 있느냐? 영영 출셋길과는 멀어지는 삼류마인이 된다는 뜻이다! 네놈이 내 얼굴에 먹칠을 해!"

최영달은 낙방으로 상심이 큰 아들을 위로해 주기보다는 자신의 명예에 먹칠을 한 모자란 아들 녀석에게 울화가 치밀었다.

"병신 같은 자식! 네놈이 내 아들이라는 것이 수치스럽다!"

최영달은 손에 잡히는 대로 물건을 마구 집어 던지며 소리쳤다. 소심한 성격에 몸이 약한 최혁은 아버지가 던진 벼루에 맞아 기절했다.

"모자란 새끼! 그깟 벼루 하나 못 피하고 맞아서 기절을 해?"

최영달은 더욱 화가 치밀었다.

"밖에 아무도 없느냐! 이 자식을 내 눈앞에서 치워라!"

이마가 깨져 피가 흐르는 최혁을 하인들이 부랴부랴 업어서 내당으로 옮겼다. 최혁이 피를 뚝뚝 흘리며 하인들에게 업혀 나가자 최영달은 다탁에 놓인 찬물을 벌컥벌컥 들이켰다.

"이런 망신을……. 모자란 놈!"

최영달은 자신의 낯이 깎일 걱정만 앞섰다. 모든 것에서 일류가 아니면 안 된다는 생각을 가지고 있었던 그이기에 더욱 충격이 컸다.

"무슨 일이 있어도 흑풍 마림원에 합격시켜야 내 낯이 설 것이 아닌가. 어쩐다? 흠……."

한참을 고민하던 최영달의 머릿속에 좋은 생각이 떠올랐다. 충분히 가능성이 있어 보였다.

"이 총관, 밖에 있나?"

최영달은 총관을 불렀다.

"지금 당장 한 서생에게 이번 합격한 아이들의 명단과 그 아이들의 인적 사항에 대한 내용을 달라 하게."

한 서생은 최영달의 소개로 흑풍 마림원에서 아이들을 가르치는 문과 선생이었다. 자신의 연줄로 흑풍 마림원에 자리를 잡았으니 청을 거절할 수는 없을 것이다. 이 총관이 한 시진 만에 합격자 명단을 가지고 돌아왔다. 명단을 받은 최영달이 빠르게 훑어보았다.

"됐다. 이 녀석이로군."

이 총관에게 받은 명단을 살피던 최영달의 눈이 번뜩였다. 먹잇감을 찾은 것이다.

"마설천이라……. 이 녀석이야. 하하! 이제 됐어."

최영달은 이제야 시원하다는 듯 크게 웃었다.

"이 총관, 부총서관에게 가서 흑풍 마림원과 연줄이 있는 인물 몇몇과 함께 내 집으로 오라 이르게."

최영달은 자신의 밑에 있는 부총서관과 몇몇 고위급 인사들과 함께 흑풍 마림원의 선발 과정에 대해 문제를 삼을 작정이었다.

그중에서도 마설천이라는 고아의 합격에 대해 강력하게 항의할 생각이었다. 출신 성분이 정확하지 않은 아이를 명문 중의 명문인 흑풍 마림원에서 가르친다는 것은 절대 불가하다고 주장하고, 합격 취소를 시킨 후에 자신의 아들인 최혁을 합격시키면 되는 것이다.

"이런 천한 녀석이 합격자 사이에 끼어 있어서 다행이야."

중얼거리던 최영달은 천우룡의 이름을 서류에서 발견하곤 눈살을 찌푸렸다.

"천마의 괴물 같은 피는 몇 대가 흘러도 여전하군. 역시 피는 속일 수 없는 건가 보군. 그런데 혁이 이 병신 같은 자식은 누구를 닮았기에 이리 못났단 말인가. 에잉!"

최영달은 다시 울화가 치미는 것을 꾹꾹 눌렀다.

"아무려면 어떤가? 내일이면 혁이 그 녀석도 흑풍 마림원 학생이 될 텐데."

최영달은 후련하다는 표정으로 서류를 덮었다.

*   *   *

비영검은 총서관 최영달과 몇몇 천마신교 인사들의 방문에 어리둥절했다.

"지금 총서관께서 저희 마림원의 선발 과정에 문제가 있다고 말씀하시는 겁니까?"

"그렇습니다. 흑풍 마림원은 마입관으로 가는 지름길로 여겨질 정도로 명문 중의 명문 아닙니까? 그런 곳에 출신 성분도 모르는 고아를 선발하다니 이건 천마신교의 총서관으로서 좌시할 수 없는 일입니다."

총서관은 천마신교의 내무 행정을 맡고 있는 세 개의 기관 중 하나로, 학자와 교육기관 관리를 맡고 있었다. 그런 곳의 수장이 흑풍 마림원의 선발 기준에 토를 달고 나온 것은 이해가 되는 일이었으나, 정식 절차도 없이 갑작스레 이리 몇몇 고위급 인사들을 대동하고 나타나 따지듯 묻는 태도는 정상이 아니었다.

"물론 출신 성분도 중요하지만 이곳은 교육기관입니다. 능력있는 인재를 키우는 곳에서 출신 성분이 좋지 못하다고 선발하지 않는 것은 옳지 못하다고 생각합니다."

비영검은 이자들이 무슨 간계를 꾸미고 있는지 걱정이 앞섰다. 특히나 총서관 최영달은 독심호리라 불릴 정도로 간사한 자다. 그런 자가 직접 방문했다는 것은 분명 원하는 것이 있기 때문일 것이다.

"흠, 맞는 말씀이오. 하나 이곳은 흑풍 마림원 아닙니까? 모든 고위급 인사들이 이곳 출신이지요. 아시겠지만 저도 이곳 출신입니다. 당시엔 지금처럼 명문은 아니었지만 이곳에서 수학했던 시절이 그립군요. 게다가 여기서 쌓았던 친분이 아직도 이어지고 있습니다. 오늘 저와 같이 오신 서 학장님도 여기 흑풍 마림원 출신이십니다. 그리고 부총서관도 그렇고 요."

최영달의 말에 함께 방문한 사람들이 고개를 끄덕였다.

"그만큼 이곳은 중요한 곳이라는 점입니다. 그런 곳에 정파의 혈육일지도 모르는 아이를 선발할 수는 없겠죠. 그렇지 않습니까?"

"무슨 말씀이신지는 알겠습니다. 하나 그 아이는 정말 뛰어난 재능을 가졌습니다. 게다가 천산에 살고 있는 아이가 정파의 혈육일 리 없습니다."

비영검은 자신의 선발이 옳았음을 강조했다. 최영달은 고개를 끄덕이며 희미하게 웃었다.

"네. 물론 비영검께서 뛰어난 인재를 선발했다는 것은 잘 알겠습니다. 하나 그 아이는 선발 기준에 미달되는 것 아닙니까? 부모 둘 중 하나의 신분이라도 확실한 마인일 때 이곳에 입교가 가능한 것 아닙니까?"

비영검은 말꼬리를 잡고 늘어지는 최영달의 모습에 무언가 잘못되었다는 것을 직감할 수 있었다.

'출신 성분이 문제인 것인가? 다만 그것 때문에 이리 몰려왔을 리는 없는데……'

"흑풍 마림원에는 신원이 확실한 아이가 입교하는 것이 타당하겠죠. 예를 들면, 부족하지만 제 아들 녀석이라든지 말입니다."

최영달의 말에 비영검은 찬물을 뒤집어쓴 듯 정신이 번쩍 들었다.

'그랬던가? 이자의 아들을……'

"하하하! 뭘 그리 놀라십니까? 아무튼 이 마설천이라는 아이는 합격을 반려하시는 것이 좋을 것 같습니다. 그러는 편이 흑풍 마림원을 위해서나 학장님을 위해서나 옳은 길이라 생각합니다."

비영검은 주먹을 꾹 쥐었다. 이자가 바라는 것이 어떤 것인지 확실하게 알았기 때문이다. 뛰어난 학생을 불합격시키고 자신의 아들을 합격시키려는 수작이 분명했다.

"뭐, 오늘은 이쯤 말씀드리고 돌아가겠습니다. 학장님도 생각할 시간이 조금 필요하시겠죠."

최영달은 비영검의 굳은 얼굴을 보고 자신의 의도를 충분히 전했음을 알았다.

'흥, 강호에 위명을 날린 인물이라도 지금은 마림원 학장이라는 한직에 있는 자가 아닌가. 분명 내 뜻에 따를 것이다.'

최영달은 자신의 뜻대로 일이 진행될 것을 믿어 의심치 않았다. 그래서 홀가분하게 마림원의 문을 나섰다.

동평은 굳은 얼굴로 창밖을 바라보는 비영검의 모습에 총서관의 방문이 결코 반가운 일이 아니었다는 것을 직감했다.

"내 제자에 대해 알고 있나?"

동평은 비영검이 가장 떠올리기 싫어하는 이야기를 묻자 흠칫 몸을 굳혔다. 비영검의 제자인 인열은 이십대에 초고수 반열에 든 뛰어난 인재였다. 그러나 그 뛰어남이 그의 명을 재촉하게 된 것을 알고 있었다.

"네, 뛰어난 무재(武才)였다고 들었습니다."

"그래, 그랬지."

비영검은 제자였던 인열의 단정한 이목구비가 눈앞에 생생하게 떠올랐다.

"아무것도 모르는 아이였지만, 보법을 가르치고 검을 손에 쥔 지 삼 일 만에 어설프게나마 초식을 펼칠 수 있을 정도로 뛰어난 아이였네."

비영검의 목소리엔 슬픔과 안타까움이 묻어났다.

"교 내의 정치 싸움에 휘말려 목숨을 잃기엔 너무도 뛰어난 아이였지. 이것이 다 못난 스승을 만난 탓이네. 정치적 중립 운운하면서 그 아이가 사지에 있다는 걸 간과한 내 죄야."

인열은 장로파의 중심이 되는 혈랑대의 총사였다. 교주는 자신의 정치적 기반을 지키기 위해 장로파의 중심이었던 혈랑대의 세력을 약화시키려 했고, 그 가운데 인열이 목숨을 잃었던 것이다. 비영검은 그 뒤로 제자를 거두지 않고 마림원에서 아이들을 가르치는 한직으로 물러났다.

"강해지려면 어느 것에도 꺾이지 않을 의지가 필요하겠지. 철은 두드릴수록 강해진다고 하지 않던가?"

동평은 비영검의 이야기가 무슨 뜻을 의미하는지 알 수 없었다. 그의 어투로 보아 중대한 결심을 했음을 짐작할 수 있었다.

'설마? 아닐 것이다, 절대 아닐 것이야.'

동평은 비영검이 극단적인 선택을 할지도 모른다는 불길한 예감이 들었다.

"수련동을 열어 이차 시험을 치르겠네. 모든 이목을 이번 시험에 쏠리게 해 허튼 마음을 품고 있는 사람들이 경거망동할 수 없도록 만들 것이네."

비영검의 선언에 동평은 넋이 나가 버렸다.

"진심이십니까?"

비영검은 대답없이 고개를 끄덕였다.

"하지만 오늘 합격한 아이 중에는 교주님의 혈육이 포함되어 있습니다. 혹여 불상사가 생긴다면 학장님께 누가 될 수 있습니다."

동평의 목소리는 떨리고 있었다.

"아이들을 권력의 입감에서 자유롭게 해주고 싶네. 아이들

의 안전도 중요하지만, 능력있는 아이들의 미래를 짓밟게 내
버려 둘 수는 없네."

수련동은 천마신교의 초대교주인 천마가 폐관수련 끝에
최의 무공인 천마공(天魔功)을 익혔다는 동혈을 말한다. 그
뒤로 천마의 무공을 탐낸 많은 이들이 동혈로 향했지만, 그곳
에서 온전히 돌아온 사람은 없었다. 미치광이 상태로 돌아온
이가 몇몇 있었고, 죽은 이가 태반이었다. 때문에 지금은 아
무도 발을 들이지 못하게 폐쇄되어 있었다.

흑풍 마립원이 수련동의 관리를 맡을 수 있었던 것은 위상
덕분이기도 했지만, 정치적 세력과 연합하는 것을 싫어하는
비영검의 성향도 한몫했다.

그런 위험한 곳에서 이차 시험을 치르겠다는 것은 누구의
입김으로도 어찌할 수 없는 뛰어난 실력을 가진 아이만을 선
발하겠다는 의지의 공식적인 표명이나 마찬가지였다.

'역시 최영달 그자가 선발 결과에 불만을 가지고 있었군.'

동평은 비영검의 고뇌와 이런 무리수를 추진하려는 이유
를 짐작하게 되었다.

"수련동에서 시험을 진행하지만, 절대 아이들에게 불상사
가 생기지 않도록 첫 번째 동혈에서만 시험을 진행하도록 하
겠네. 그리고 모든 시험의 진행은 감독관이 먼저 확인 후에
치러지게 조치해 주게."

"알겠습니다."

동평은 비영검의 심정을 이해할 수 있었기에 고개를 끄덕였다. 그러나 비영검의 결단 속에서 피 냄새가 풍기는 것을 느낄 수 있었다.

'이번 결단은 분명 교 내에 파란을 몰고 올 것이다. 어쩌면 피바람이 불지도 모르지…… 그러나 다시는 아이들이 정치적으로 휘둘리는 일은 없어야 한다.'

비영검은 인열의 얼굴을 떠올렸다. 주먹을 쥔 두 손에 파란 핏줄이 도드라져 보였다.

*   *   *

"뭣이!"

최영달은 총관이 보고한 내용을 듣고 펄쩍 뛸 만큼 놀라고 있었다.

"흑풍 마림원 이차 선발 시험을 수련동에서 열겠다고 선언했다고? 이런 미친!"

최영달은 비영검의 딱딱하게 굳은 얼굴이 떠올랐다. 비영검이 흑풍 마림원의 입학시험을 모두의 주목을 받는 공적인 문제로 만들어 버린 것이다.

수련동의 관리를 흑풍 마림원에 일임했다 하더라도 그곳은 엄연히 천마의 발자취가 남아 있는 천마신교의 성지였다. 그곳에서 시험을 치른다면 모든 마인의 이목이 집중되는 것은 당연지사.

모두가 주목하는 가운데 단지 출신 성분이 나쁘다고 시험에 합격한 아이를 불합격시키는 것은 불가능하다. 게다가 자신의 아들인 최혁은 이미 일차 시험에 낙방했다. 수련동의 시험에 응시하는 것도 불가능할뿐더러 수련동에 들어갈 실력조차 없다.

"만만하게 생각했던 게 오산이었군."

최영달은 비영검의 수에 자신이 당했다는 것을 알았다.

"이리 당할 수는 없지."

최영달은 수련동 시험을 허락할 수 없다는 문건을 작성해 흑풍 마림원으로 보냈다.

"그쪽이 그리 나온다면 나도 호락호락 물러날 수는 없다."

최영달은 딱딱하게 굳은 얼굴로 생각에 잠겼다.

*　　　*　　　*

"모두 주목하거라. 이차 시험에 대한 발표를 하겠다."

동평의 목소리에 아이들은 조용해졌다.

"이차 시험 장소는 천마께서 수련하셨던 수련동이다."

동평의 발표에 아이들의 얼굴이 하얗게 질려 버렸다.

"그러나 걱정할 것은 없다. 너희가 시험을 치르는 곳은 첫 번째 동혈로, 무공에 대한 기본적인 지식만 있다면 크게 염려

할 일은 없을 것이다. 그리고 시험관들이 참관하고 있으니 큰 위험은 없을 것이다."

동평의 부연 설명이 이어지자 비로소 아이들의 얼굴이 원래의 색으로 돌아왔다.

"혹 수련동에서의 시험이 꺼려지는 사람이 있다면 지금 말하거라."

동평의 말에 아무도 포기하겠다는 아이는 없었다. 수련동이 무시무시한 악명을 떨치는 장소라 해도 시험관이 참관한 가운데 첫 번째 동혈에서 치러진다면 별로 무서울 것이 없으리라 짐작했기 때문이다.

"수련동이라……."

천우룡은 동평의 발표에 의아한 생각이 들었지만 흥미로웠다. 교주의 손자로 그곳에 대해 느끼는 흥미는 다른 아이들과 비교할 수 없었다.

"점점 재미있는 일이 생기는군."

천우룡의 굳은 입가에 희미한 미소가 걸렸다.

수련동은 수많은 동혈로 이루어진 벌집 같은 형태의 동굴이었다. 그중에서 천마신교의 공식적인 조사로 동혈의 구조와 수련 방법을 밝혀낸 곳은 스무 곳에 불과했다. 누가 왜 이런 곳을 만들었는지는 알려지지 않았지만, 무인에게는 최고의 수련장이라는 것은 부정할 수 없는 사실이었다. 그러나 사건사고가 끊이지 않아 어쩔 수 없는 고육지책으로 폐쇄 결정을 내리게 된 곳이기도 했다.

"자, 모두들 시험은 내일 아침 진시(辰時)에 수련동의 첫 번째 동혈에서 치러지니 늦지 않도록 해라."

第九章

설천의 시험 준비

마도
공자

"냄새가 나, 냄새가."

검마는 구시렁거리며 왔다 갔다 했다. 설천에게서 이차 시험이 수련동에서 치러진다는 이야기를 들은 후부터 검마는 안절부절못하고 불안해했다.

"또 뭐가 불만인가?"

마의는 정신 사납게 왔다 갔다 하는 검마가 못마땅한 듯 목소리가 높아졌다.

"비영검 그 자식이 왜 갑자기 시험 장소를 수련동으로 했을까? 그 위험하다는 곳에서 굳이 시험을 본다는 게 이상해."

"이상할 건 또 뭔가? 비영검도 다 생각이 있으니 그리했겠지."

독마군은 검마의 말에 딴지를 걸었다.

"뭐야? 그 자식이 한 짓은 믿을 만하다 이거야?"

검마는 열 받는다는 투로 말했다.

"사실 그렇다네. 비영검은 누구와는 달라서 군자의 성품에 뛰어난 무위, 게다가 영민하다 칭송받는 자가 아닌가?"

독마군은 조목조목 따져 가며 검마의 성질을 긁었다.

"흥, 그건 다들 모르니까 그리 말하는 거야. 군자의 성품 좋아하시네. 군자가 제 사형 알기를 우습게 알던가?"

검마가 부글부글 끓는 얼굴로 이죽거렸다.

"사형이 사형다워야 대우를 해주는 게 아닌가?"

"뭐야!!"

검마는 당장 칼이라도 뽑아 들듯 사납게 으르렁거렸다.

"에잉! 둘 다 그만두시게! 문제는 그게 아니라 비영검이 갑자기 수련동에서 시험을 보겠다고 공표한 것이네. 검마 자네도 뭔가 걸리는 것이 있는 게 아닌가?"

마의가 둘의 싸움을 말리며 끼어들었다.

"그렇소. 뭐, 인정하긴 싫지만 독마군의 말처럼 비영검 그 자식이 신중한 성격이긴 하지. 한데 왜 그런 위험한 곳을 굳이 시험 장소로 정했을까?"

검마의 물음에 두 마두는 꿀 먹은 벙어리처럼 아무 말도 할 수 없었다.

"끙!"

"흠!"

검마답지 않은 조리있는 물음에 두 마인의 머릿속이 복잡해졌다.

"뭔가가 있군. 그래서 그리 걱정한 게로군."

독마군이 이제야 알겠다는 투로 말했다.

"흠, 이제야 알았다니 다행이로군."

검마가 아직 앙금이 남은 듯 툴툴거렸다.

"수련동이라……. 위험한 곳이기는 하지. 하지만 첫 번째 동혈은 그리 위험한 수준은 아니니 걱정할 일은 없을 것이네. 그러나 만약에 다른 동혈이라면 안전을 장담할 수 없네."

수백 개의 동혈로 이루어진 수련동에서 그나마 안전하다 여겨지는 곳이 바로 첫 번째 동혈이다. 세 개의 기관진식이 자리 잡고 있는 첫 번째 수련동은 폐쇄되기 전까진 하급 마인들이 수련을 하거나 실력을 알아보기 위해 자주 드나들던 곳이다.

"뭔가 아는 것이 있나?"

"다른 동혈에서 실종되었다가 발견한 사체를 해부해 본 적이 있지."

"정말인가? 그래, 상태가 어땠나?"

"그게… 아주 특이했지."

"아주 특이해? 뭐가 말인가?"

말을 흐리는 마의의 태도에 검마가 답답하다는 듯 채근했다.

"우선, 발견된 사체에 외상이 없었네."

"외상이 없어? 그런데 죽었다고? 희한한걸."

"말 좀 자르지 말게!"

검마가 불쑥 끼어들자 독마군이 성마르게 소리쳤다.

"끙!"

독마군의 타박에 검마가 발끈했으나, 마의가 손사래를 치며 말렸다.

"외상이 없었을 뿐만 아니라 내상도 전혀 없었지."

"뭐야? 지금 장난해?"

독마군의 타박을 받고도 검마는 또 섣불리 끼어들며 소리쳤다.

"중요한 것은 내상이 없었으나, 기혈이 역류했다는 점일세."

마의는 또 검마와 독마군이 다툴까 싶어 얼른 검마의 말에 대꾸했다.

"기혈이 역류했는데 내상이 없어? 내 귀가 이상해진 건가?"

"아닐세. 신기하게도 기와 혈이 역류했는데 혈맥이나 장기는 전혀 상한 곳이 없었네. 문자 그대로 기와 혈만 역류해서 죽은 걸세."

"그게 도대체 무슨 뜻이야? 빙빙 돌려서 말할 것 없이 요점만 말하게."

"무언가 아주 강력한, 기와 혈의 흐름을 바꿀 만큼 강력한 무언가가 죽은 이의 기와 혈을 흡수했다면 어떤가? 게다가 내상을 전혀 입히지 않을 정도로 뛰어난 흡정 능력을 가지고 있고."

"그렇다는 것은 그 동혈 안에 무언가가 사람들을 잡아먹고 있다는 건가? 그것도 기와 혈만을 먹어치운다고?"

"내 짐작은 그렇다네."

마의의 말이 끝나자 세 마두는 조용해졌다.

"비영검 자식! 그런 위험한 장소에서 시험을 보겠다니 미친 게 틀림없어."

검마가 이를 부드득 갈며 소리쳤다.

"설천이가 시험에 떨어질 일은 없겠지만 위험할 수도 있겠어."

독마군의 말에 세 마두는 다시 생각에 잠겼다.

"흠, 걱정들 붙들어 매시게. 나한테 아주 좋은 게 있다네."

마의가 자신있다는 투로 말했다.

"뭐? 아주 좋은 거? 영감이 좋다는 것치고 정상적인 게 없었어."

검마가 의심스럽다는 듯 눈을 가늘게 뜨고 바라봤다.

"무슨 소리! 내 독창적이고 진보적인 실험의 뛰어남을 알아보는 식견이 없어서 그리 생각하는 것뿐이겠지."

"웃기시네! 독창적이고 진보적? 그래서 만독불침의 몸을 만들어보자며 설천에게 온갖 독정을 흡기시킨 거요?"

"흠흠, 그건… 아니네. 그래도 어느 정도 효과는 있었소."

"효과가 있긴 있었지. 그건 자네의 뛰어난 능력 때문이 아니라, 설천이가 뛰어났기 때문에 그런 것이겠지."

독마군까지 합세해 몰아세우자 마의는 머쓱해졌다.

"그… 그게 사실이긴 하지만, 그때 혼자만 한 것도 아니잖소! 아무튼 설천아! 밖에 있느냐?"

두 마두의 합공에 이기지 못한 마의는 설천을 찾으며 위기 상황을 어물쩍 넘겨 버렸다.

마의의 부름에 설천이 안으로 들어섰다.

"내일 시험이 위험할 수도 있다고요?"

"그래, 그 동혈에서 좋지 못한 일이 자주 벌어졌다는구나."

독마군이 차분하게 동혈의 위험성을 알려주었다.

"그래서 이걸 준비했다."

마의가 품 안을 뒤적이더니 묵 빛의 팔찌 한 쌍을 꺼내 들었다.

"그게 뭔가?"

"놀라지 말게. 이것이 바로 폐옥쌍환일세."

"폐옥쌍환? 어째 기분 좋은 이름은 아니군."

검마는 별것 아니란 표정으로 폐옥쌍환을 바라봤다. 검은 빛이 흐르는 팔찌는 수수해 보였지만 고아한 맛이 풍겼다.

"폐옥쌍환이라면, 그 내력을 계속 유지시켜 준다는 귀보가 아닌가?"

박식하고 상식이 풍부한 독마군은 검마와는 다른 반응을 보였다.

"험험! 역시 독마군은 무식한 검마와는 다르군."

"이 노인네가 걸핏하면 날 걸고 넘어져!"

검마는 자신의 무식을 강조하는 마의에게 발끈하며 말했다.

"게다가 저리 큰 것을 어찌 설천이가 쓸 수 있겠나?"

검마의 말처럼 폐옥쌍환은 설천의 가는 손목에는 맞지 않게 커다랬다.

"달리 귀보가 아닐세. 설천아, 이리 팔을 내밀어보거라."

설천은 마의에게 팔을 내밀었다. 마의는 커다란 팔찌를 설천의 가느다란 손목에 채워주었다. 커다란 폐옥쌍환과 설천의 팔 사이에 주먹 세 개는 더 들어갈 정도로 헐렁했다.

달칵!

"헛!"

그러나 폐옥쌍환은 쇰쇠를 채우자 설천의 손목 둘레를 인식한 듯 알맞은 크기로 줄어들었다.

"어떤가?"

마의는 자랑스레 어깨를 펴고 두 마인에게 물었다.

"이거 정말 신기해요!"

설천도 마의가 채워준 폐옥쌍환이 신기한지 만지작거렸다. 묵 빛의 폐옥쌍환은 여의주를 물고 있는 두 마리의 용이 음각으로 아로새겨져 있었다. 팔찌 전체를 감싸고 있는 두 마리의 용은 당장에라도 승천할 듯 생동감이 넘쳐 보였다. 더욱 놀라운 것은 설천의 팔에 좀쇠를 채우는 순간 팔찌에 새겨진 두 마리의 용이 눈을 번쩍 뜬 것이었다.

'응?'

마의는 늘 팔찌를 가지고 다니면서 필요할 때마다 착용하곤 했다. 그런데 팔찌를 착용하면 크기가 줄어들거나 늘어나는 일은 있었지만, 음각된 용이 눈을 뜬 것은 처음 있는 일이었다.

'뭐, 달리 귀보겠어. 게다가 용이 눈을 떴다고 별일이야 있겠어. 진짜 용도 아닌데.'

마의는 기뻐하는 설천과 뭔가 기분이 상한 듯 보이는 검마와 독마군의 표정에 한껏 우쭐해졌다.

"흥! 그깟 팔찌 한 쌍 주고 잘난 척은! 설천아, 그런 건 계집애들이나 좋아하는 거다! 잠시 기다려라. 내 마의가 준 쌍 머시기보다 더 좋은 것을 주마."

검마는 부리나케 밖으로 달려나갔다.

"자, 이걸 주마!"

검마는 보무도 당당하게 걸어 들어와 설천에게 커다란 대검을 안겨줬다.

"자고로 사내는 큰 게 최고다! 핫핫핫!"

그러나 검마가 안겨준 검은 너무 컸기에 설천이 검을 들고 있는 것인지 검이 설천을 들고 있는지 구분이 가질 않을 정도였다.

"저런 미련하기는! 쯧!"

독마군은 어이없다는 듯 혀를 찼고, 마의는 인상을 찡그렸다. 설천은 검마가 좋아라 안겨준 검이기에 받기는 했지만, 너무 무거운데다 길이가 너무 길어 사용하기엔 부담스러웠다.

"검마 의부, 이 검 정말 좋긴 한데 길이가 너무 긴 거 아니야?"

설천의 말에 마의보다 좋은 것을 선물했다는 뿌듯함에 광소하던 검마는 웃음을 멈췄다.

"걱정할 것 없다. 그 검은 쌍환인가 뭔가 하는 것처럼 저절로 줄어들지는 않지만 더 좋은 방법으로 조절할 수 있다."

검마는 설천에게 건네줬던 검을 받아서 내력을 주입했다.

챙!

청아한 소리와 함께 검이 두 동강이 나버렸다.

"아니, 왜 멀쩡한 검은 부러뜨리는 건가?"

독마군이 어이없다는 듯 물었다.

"에잉! 천기를 읽는다는 작자가 이런 것도 못 알아보는 건가? 부러뜨린 게 아닐세. 이 검은 원래 두 개의 검으로 이루어진 합검이지."

"호오, 이게 바로 그 태상음양합검(太上陰陽合劍)인가?"

"그렇다네."

검마는 자랑스럽다는 듯 가슴을 활짝 폈다.

"그게 그럼 태상노군한테서 뺏은 보검이란 말인가?"

독마군도 다시 봤다는 듯 반으로 부러진 검을 바라봤다.

"뺏기는, 그 노인네가 워낙 건강이 악화되어 검을 손에 쥘 힘도 없어 보여서 좀 쉬라고 한 것뿐일세."

"흥, 끔찍이도 생각했구먼. 그래서 보검까지 뺏어온 건가?"

"뺏기는 누가 뺏어! 건강이 너무 나빠져서 손에 검을 쥘 힘도 없어 보였다니까!"

"알았네, 알았다고! 그럼 이 검은 부러진 것이 아니구먼."

검마가 태상노군과 비무 후에 강탈하다시피 해서 가져온 보검은 음과 양의 기운을 동시에 가지고 있었다. 더욱 놀라운 것은, 두 기운을 가진 부분을 떼어내면 두 개의 검으로 나눠지기도 하고 하나의 검으로도 사용할 수 있는 신기한 보검이었다.

"오호라, 음과 양의 기운을 담고 있으며, 따로 운용 가능한 보검이라……."

마의는 반으로 나눠진 검을 이리저리 살펴보며 신기해했다.

파스슥!

"헛!"

분리된 검신을 살피던 마의가 헛바람을 들이켰다. 마의의 손가락에 서리가 내린 듯 하얀 얼음이 끼었다. 마의는 얼른 손끝으로 진기를 불어넣어 얼음을 녹였다.

"그 분리된 검은 음기가 담겨 있어 검신이 닿은 부분을 얼려 버리네."

"그런 건 미리 말해줘야 할 것 아닌가?"

마의가 푸르게 한기를 뿌리는 검신을 공력을 주입해 잡으며 툴툴거렸다.

"뭣 하러? 나도 암기처럼 쏘아져 나오는 두 기운 때문에 태상노군 그 작자한테 고생깨나 했다구."

"아까는 검 쥘 힘도 없었다고 하지 않았나?"

"그러니까, 나랑 비무가 끝나고 난 후에 그리되었어."

"아니, 그럼 태상노군을 그리 만들고 검까지 가져온 건가?"

"그러니까, 나는 태상노군이 편한 노후를 보내도록 해준 것뿐이야."

"헛, 참, 자네한테 걸린 태상노군이 불쌍하군."

마의는 어이가 없어 고개를 설래설래 흔들며 말했다.

"그럼 이 검엔 양기가 담겨 있는 건가?"

마의와 검마가 티격태격하든지 말든지 독마군은 반으로

부러진 듯 보이는 검을 들고 물었다.

"그렇소. 그 검은 양기가 담겨 있어 그 칼에 베이는 자는 상처와 화상을 동시에 입게 될 거요."

검마는 입가를 비틀며 웃었다. 그 웃음은 한때 강호를 주름 잡았던 마두의 명성을 짐작케 하는 기세가 느껴졌다.

"그런데, 모양새는 영 아닌걸."

검 자루가 없이 검신만 있는 음의 기운을 가진 검과 반으로 부러진 듯 보이는 양의 기운을 가진 검을 흘끔거리며 마의가 중얼거렸다.

"무슨 소리요? 이 검의 묘미는 둘로 나뉘었을 때도 뛰어나지만, 하나로 합쳐져도 뛰어나다는 점이지. 그깟 모양새가 중요한 게 아니란 말이오!"

검마는 펄펄 뛰며 태상음양합검의 뛰어남을 역설했다.

"아무리 그래도 이건 좀……."

독마군까지 모양새를 트집 잡으며 말을 흐렸다. 솔직히 도막 난 듯 보이는 검신은 아까의 멋진 장검이라 생각할 수 없을 정도로 초라해 보였다. 게다가 검 자루도 없는 다른 검도 마찬가지였다.

"아뇨. 저는 마음에 들어요."

설천은 검을 꼭 쥐며 말했다.

"응? 그래도 검 모양이 마음에 들지 않으면 다른 걸 주마."

검마는 두 마두가 모양새로 시비를 걸 때는 꿈쩍도 않다가 정작 설천이 마음에 든다고 하니 슬그머니 꽁지를 말고 눈치를 살폈다.

"아뇨. 저는 이게 좋아요."

설천은 무척이나 마음에 든다는 듯 검을 꼭 쥐었다.

"그 검도 제가 가져도 되죠?"

마의가 쥐고 있던, 검 자루가 없이 검신만 있는 음기가 담긴 검으로 설천이 손을 내밀며 물었다.

"그래. 하지만 괜찮겠냐?"

"네. 이 검 정말 유용할 것 같아요. 게다가 나중에 제가 자라도 쓸 수 있잖아요?"

"그건 그렇지."

설천은 아직 아이라 앞으로 자랄 것이다. 지금 쓰는 검은 아이의 팔과 다리에 맞는 작은 비수 형태의 검일 수밖에 없다. 그런 작은 검을 어른이 되고 나서도 쓸 수는 없는 일. 그러나 이 검은 지금뿐만 아니라 나중에도 계속 쓸 수 있는 실용적인 검이었다. 다른 것은 몰라도 마두들과 함께 생활하며 자란 설천은 은근히 애늙은이의 사고를 가지고 있었다.

'굳이 여러 개의 검은 필요없다.'

설천은 검에 대한 욕심이 많은 검마가 광적으로 수집한 각양각색의 보검을 많이 봐왔기 때문에 명검에 대한 집착이 없었다. 게다가 음양의 기운을 가진 검이라면 불을 피우거나 음식을 시원하게 하는 데 사용할 수 있다는 실용성이 마음에 들었다.

"핫핫핫! 사내라면 겉모양새 따위가 뭐 그리 중요하겠느냐! 역시 설천이구나!"

방금 전엔 큰 것이 최고라며 난리를 치던 검마는 자신이 준 검을 꼭 쥐고 있는 설천의 모습에 마음이 뿌듯해져 광소를 터뜨리며 좋아라 했다.

"흥, 아까는 큰 게 최고라며 난리를 치더니, 지금은 또 모양새는 상관없다고?"

독마군이 심기가 불편한지 검마를 걸고넘어지며 이죽거렸다. 그러나 정작 마음이 불편한 것은 마의와 검마가 모두 설천에게 귀물과 보검을 안겨주며 점수를 땄다는 것 때문이었다.

"왜, 줄 것이 없어서 면구스러우신가?"

검마가 핵심을 찌르자 독마군은 움찔했지만 당치 않다는 듯 고개를 바짝 쳐들었다.

"무슨 소리! 내가 왜 줄 것이 없겠는가! 나도 있으니 잠시 기다려라, 설천아."

독마군은 큰소리를 탕탕 치고 자신의 초막으로 향했다.

'뭘 준다?'

마의는 의학과 관련된 귀물이 많았고, 명검에 관한 집착이 심한 검마는 모아둔 명검이 많았다. 그러나 독마군은 모아둔 검도 없을 뿐만 아니라, 기물은 더더욱 없었다. 서고를 뒤적이고, 문갑 속을 쑤석이자 먼지가 풀썩풀썩 날렸다.

'에잉! 이럴 줄 알았으면 환단이라도 몇 개 챙겨둘 것을……'

독마군은 예전에 자신을 찾아와 꼬리를 살랑이며 앞날을 읽어달라 아양을 떨었던 작자들이 가져왔던 대환단과 소환단이 떠올랐다.

"쩝! 어쩐다?"

줄 것이 있다고 큰소리를 치긴 했으나 마땅한 물건이 없었다.

부스럭! 부스럭!

문갑을 뒤지던 독마군의 손에 딱딱한 무언가가 잡혔다.

"이것은!"

독마군의 눈이 커졌다. 독마군과 친분이 있던 무구의 장인 천기자가 만들어준 교룡피갑(蛟龍皮甲)이었다. 독마군은 봉마곡에 오기 전에 천기자와 자주 내기 장기를 두곤 했는데, 재미 삼아 무언가를 내기 돈으로 걸곤 했다.

그때, 독마군은 장난삼아 천기자의 앞날에 일어날 중요한 일 세 가지를 알려주는 것을 걸었다. 그리고 천기자는 한참을 고심 끝에 교룡피갑을 걸었다. 독마군은 천기자에게 쩨쩨하게 고작 갑주냐고 통박을 주었다. 그러나 천기자는 얼굴을 굳히고 말했다.

"이 갑주는 일반 갑주와는 다르네. 착용한 자가 느낄 수 없을 정도로 가볍고, 단단하기는 만년한철보다 단단해 세상에서 찾아 볼 수 없는 귀한 갑주네."

당시 독마군은 알았다며 고개를 주억거렸지만 피갑 따위 는 별로 관심이 없었다. 내공으로 몸을 보호하면 일반 무인들 이 휘두른 검 따위는 부러져 나가는 고수이기에 별 효용성을 느낄 수 없었기 때문이다.

"그래, 이것이면 되겠어!"

독마군은 생각지 못한 수확에 의기양양해져 곧장 설천에 게 달려갔다.

독마군이 내미는 교룡피갑을 살펴본 두 마인은 심드렁한 반응이었다.

"대단한 걸 가져오는 줄 알았는데 겨우 피갑인가?"

탈마의 경지를 넘어선 두 마인에게 몸을 보호해 주는 피갑 은 쓸모없는 물건이었다.

"겨우 피갑이라니? 이건 교룡피갑이란 말이오!"

독마군은 자신이 했던 말과 같은 태도를 보이는 두 마인에 게 천기자가 보였던 반응과 같이 격렬하게 외쳤다.

"우리에겐 쓸모없을지 몰라도 아직 무공을 제대로 모르는 설천이에겐 꼭 필요한 거요. 전에 몹쓸 녀석이 손을 쓴 적도 있지 않았소?"

장우기의 치사한 공격에 입술이 찢어져 피가 난 것을 보고 검마는 길길이 날뛰었고, 독마군과 마의는 내색하진 않았지만 속상하고 애처로운 마음이 들었다. 그것을 기억하고 있었기에 독마군의 말에 두 마인은 입을 다물었다.

"제기, 기왕이면 온몸을 다 보호해 주는 것이면 얼마나 좋아."

독마군의 말에 머쓱해진 검마는 교룡피갑을 보며 툴툴댔다. 교룡피갑은 어깨부터 허리 부분까지 보호해 주는 구조로 되어 있었기에 조금은 허술하게 느껴졌다.

"이게 다가 아닐세."

독마군은 뛰어난 장기 실력 덕분에 천기자에게 따냈던 무구가 꽤 있었다. 그런데 챙기고 보니 대부분이 교룡피갑의 부속물이었다.

배와 허벅지를 보호해 주는 신갑과 종아리를 보호해 주는 경갑까지 여러 개로 이루어져 있었지만, 그 무게는 깃털처럼 가벼워 설천이 입어도 전혀 불편함이 없었다. 게다가 크기를 조정할 수 있는 죔쇠가 달려 있어 어린 설천의 몸에도 잘 맞았다.

"어떠냐? 불편한 곳은 없느냐?"

독마군은 설천의 마음에 들지 몰라 초조한 마음으로 물었다.

"응, 딱 맞아요. 감사해요. 마의 의부님과 검마 의부님도 감사해요."

설천은 활짝 웃으며 말했다. 세 마두는 불안한 마음에 설천에게 최대한 도움이 될 만한 것들을 줬지만 아직도 걱정스러웠다.

"별일없어야 할 텐데……."

독마군이 불안한 듯 말을 흐렸다.

"만약 무슨 일이 생기면 봉마곡을 탈출해서라도 비영검 그자식을 요절 내줄 거요."

검마가 이를 득득 갈며 말했다.

"나는 상비약 몇 개 더 준비해서 줘야겠소."

마의가 걱정스런 얼굴로 연구실로 향했다.

第十章
수련동 시험

마도
공자

"오랜만이오."

비영검에게 고개를 숙인 남자는 복면을 하고 있었다. 특이하게도 복면 아래로 보이는 남자의 눈에는 푸른빛이 감돌았다. 마치 야생동물의 그것처럼 남자의 눈이 번쩍이고 있었다.

"오랜만이군. 첫 번째 청을 말해야 할 것 같소."

비영검은 남자에게 고개를 끄덕여 보였다.

"수련동에서 치르는 시험 말씀이시군."

남자는 비영검이 말을 꺼내지 않아도 알고 있다는 듯 말했다.

"그렇소. 이번 시험에서 불상사가 있어서는 아니 되네. 시험 장소는 첫 번째 동혈이네. 그 정도면 아이들이 시험을 치러도 문제는 없겠소?"

비영검은 정체불명의 이 복면인이 자신을 찾아온 날을 떠올리며 물었다.

"부탁이 있소."

비영검은 늦은 밤 자신의 처소를 찾아온 검은 그림자를 흘끗 바라봤다.

"내 목숨을 달라는 부탁이 아니면 들어보겠다."

"하하! 역시 천마신교 오대고수답게 화통하군. 수련동 관리를 계속 당신이 맡아줬으면 좋겠소. 그리고 그곳을 폐쇄해줬으면 좋겠소."

비영검은 남자의 푸른빛이 번뜩이는 눈을 바라봤다. 비영검이 감당하기엔 너무 벅찬데다, 정치적으로 이용당할 우려가 있어 수련동 관리 책임을 고사하고자 하던 차에 남자가 나타난 것이다. 비영검의 입장에서는 남자의 모든 것이 의심스러울 뿐이었다.

"이유가 뭐지? 그곳에서 무슨 일을 벌이고 있는 건가?"

"수련동을 계속 관리해 준다면 더 이상 의문의 죽음이나 실종은 없을 것이오. 그리고 당신의 세 가지 청을 들어주겠소."

"세 가지 청이라……. 아무것도 모르는 자들의 부탁을 들어주는 보수로는 부족하군."

비영검은 짐짓 손해나는 장사라는 듯이 말했다.

"그 세 가지 중에 교주를 죽여 달라는 부탁도 들어줄 수 있소."

남자의 말에 비영검의 얼굴이 싸늘하게 얼어붙었다.

"네놈들은 누구고, 원하는 것이 무엇이냐?"

"제자를 죽인 원수를 갚고 싶지 않나? 썩은 천마신교의 정치 싸움에 많이 실망했을 텐데. 결국 그들의 정치적 희생양이 당신 제자 아닌가?"

남자는 비영검이 쏟아내는 살기에도 아랑곳하지 않고 말했다.

"내 제자의 죽음에 대한 책임은 내가 가장 크다. 내가 그 아일 지켜주지 못했으니……. 가장 큰 죄인인 내가 누구에게 복수를 한단 말인가. 그리고 아무리 잔인한 교주라도 그분은 엄연한 천마신교의 교주시다. 네놈들이 어찌할 수 있는 분이 아니란 말이다!"

"그렇게 말한다면 다른 청을 들어줄 수도 있소. 그러나 만약 당신이 내 청을 거절하고 수련동 관리를 맡지 않는다면 계속 사람들이 죽어나갈 것이오."

"네 녀석이 사람들을 해치고 다니는 것이냐!"

비영검의 목소리가 다시 높아졌다.

"그렇지 않소. 그것은 수련동이 특별하기 때문이오."

"수련동이 특별하기 때문이다? 무슨 일인지 말해라!"

비영검의 말투가 싸늘해졌다.

"수련동이 수백 개의 동혈로 이루어진 것은 알고 있소?"

"물론이다!"

"그렇다면, 그 수백 개의 동혈이 하나의 진으로 구성되어 있는 것은 알고 있소?"

"하나의 진?"

"그렇소. 그곳은 순서대로 수련을 할 수 있도록 구성된 하나의 기관진식이오."

"그렇다면 왜 사람들이 실종되거나 죽은 것이냐?"

"무공의 성취가 낮은 자가 동혈에 들어서면 그 단계를 뛰어넘을 때까지 놓아주질 않는 것이 이 동혈의 특징이기 때문이오."

"하나, 천마께서는 그곳에서 후인들이 수련하길 원하셨다."

"아마 천마께서는 천마역천공(天魔逆天攻)을 이어받을 이가 있을 것이라 여기신 것 같소."

"무슨 소리를 하는 것이냐? 지금 교주께서 이미 천마역천공을 이어받으셨는데 달리 누가 또 천마역천공을 이어받는단 말이냐?"

"교주는 역천공의 진전을 이어받지 못했소. 천마의 무공은 수련동을 무사히 통과한 이만이 이어받을 수 있소."

'이럴 수가!'

비영검은 자신이 알고 있는 사실과 너무 다른 이야기에 정신을 차릴 수가 없었다. 교주인 천정천은 천마의 직계 혈손으로 천마역천공을 극성으로 익혔다고 알고 있었기 때문이다.

"한 가지 더 재미있는 걸 알려 드리지. 지금 교주는 천마의 후손이 아니다."

"뭐라고? 너는 누구냐? 어찌 함부로 그런 이야기를 입에 담는 것이냐?"

파랗게 빛나는 눈동자는 비영검을 빤히 바라보다가 패 하나를 앞으로 던졌다.

탁!

비영검 앞에 떨어진 패에는 날카로운 이를 드러내고 포효할 것 같은 악귀의 형상이 그려져 있었다.

"이건!"

비영검은 놀란 눈으로 눈앞의 패를 바라봤다.

"천마신패! 이건 천마께서 만드셨다는 비밀결사대의 신패가 아닌가!"

비영검은 놀라고 당황한 얼굴로 패를 바라보다가 곧바로 냉정을 되찾았다. 그러나 비영검의 말투는 다시 공손해졌다. 천마의 친위대라면 비영검도 함부로 해서는 안 되는 존재였기 때문이다.

"천마의 비밀결사대가 왜 나를 돕겠다는 것이오? 천마의 뜻을 잇고 있다면 교주님을 따르는 것이 당연한 것 아닌가?"

"홍! 말도 안 되는 소리요. 내 주군은 천마라 불릴 수 있는
분이어야 하오. 천마역천공의 정수도 이해하지 못한 지금의
교주는 허울일 뿐."

"그렇다면 원하는 것이 무엇이오?"

"이 모든 것은 천마께서 직접 만드신 안배이니 우리는 따
를 뿐이오. 천마의 진전을 이을 분이 수련동을 찾을 때까지
당신이 그곳 관리를 맡아주시오."

"나는 당신을 믿을 수 없소. 만약 당신의 말이 사실이라면
이는 천마신교의 근본을 뒤흔드는 일. 그러니 함부로 경거망
동하지 말라 하고 싶소. 그러나 수련동은 당신 뜻대로 해주겠
소. 그곳에서 일어나는 죽음과 실종은 나도 바라지 않기 때문
이오."

비영검은 날카로운 기세를 갈무리한 남자를 바라봤다. 잘
벼려진 검처럼 위험한 기세는 비영검을 찾아올 당시와 조금
도 달라지지 않았다.

"무리일지도 모르겠지만, 첫 번째 수련동에서 시험을 치를
작정이오. 가능하겠소?"

"물론이오. 첫 번째 동혈이라면 아이들도 무난히 통과할
수 있을 것이오. 수련동이 하나의 진으로 움직이고 있다고 해
도 첫 번째 동혈은 진의 입구나 마찬가지이니 우리가 얼마든

지 조종할 수 있소."

비영검은 낮은 안도의 한숨을 내쉬었다.

"도대체 왜 이런 무모한 일을 벌인 것이오? 만약 불가능한 일이라면 어찌할 생각이었소?"

복면사내는 비영검에게 물었다.

"내게 필요한 것은 수련동이란 이름뿐이었소."

"수련동의 이름?"

"그렇소. 모두의 시선을 끌 수 있는 이름이면 되오. 이름만으로도 세간과 지도부의 이목을 집중시킬 수 있을 것이라 여겼기 때문이오."

"하하하, 당신같이 고지식한 사람이 도대체 왜 그런 손바닥으로 하늘을 가리는 짓을 하려고 한 것이오? 그깟 고아 녀석 하나 떨어뜨린다고 큰일 나는 건 아니잖소?"

"이미 알고 있었군."

비영검은 쓰게 웃었다.

"아이들의 안위도 중요하지만, 권력으로 인해 아이들이 짓밟히는 것을 지켜만 볼 수는 없었소."

"그것이 당신의 죄 갚음이오?"

복면사내가 비영검에게 물었으나 대답은 없었다.

"그 고아 녀석은 운이 좋군. 당신같이 고지식한 자가 이런 무모한 결정을 하도록 만들었으니 말이오. 이것도 어쩌면 천마께서 안배하신 일일지도 모르겠군. 하나 이것만은 알아두시오. 우리가 돕는다고 해도 사방에서 당신을 흠집 내려는 자들이 달려들 것이오."

"알고 있소."

비영검은 덤덤하게 대답했다.

*   *   *

대막심은 새빨갛게 충혈된 눈으로 수사당 총사 관저를 바라봤다. 벌써 사흘째 제대로 먹지도 못하고 잠도 자지 못한 채로 수사당을 염탐 중이었다.

'영아, 못난 아비가 꼭 너의 원통함을 달래주마.'

대막심은 흑영대의 움직임과 풍비호의 일련의 행동에서 자신이 모르는 무언가가 있음을 짐작할 수 있었다.

'아무리 일선에서 압력을 넣는다 하더라도 고작 영아 살해 사건에 연연할 인물이 아니다.'

대막심은 아들 영이의 죽음으로 더욱 냉정하게 상황을 파악할 수 있었다. 그동안은 수사당의 일개 조장으로 총사가 시키는 일을 말없이 수행했지만, 지금부터는 자신의 판단과 의지로 움직이기로 마음먹었기 때문이다.

"당분간 쉬도록 하게. 총사의 처사가 못마땅하더라도 그분은 자네 상관이네. 자네의 목숨을 거둘 수도 있는 분이란 말이야. 그러니 집에서 쉬면서 자중하도록 하게."

수사당의 부총사관은 대막심을 달래며 말했다. 총사가 뱀 같이 찬 냉혈한이라면 부총사관은 타인을 어르고 달래며 다스리는 구렁이 같은 자였다.

총사의 눈 밖에 난 자들이 부지기수로 죽어나가는 것을 봐 왔다. 하나, 차라리 자신의 목숨을 빼앗았다면 원통함도 원망도 없을 것이다.

"알겠습니다."

대막심은 부총사관에게 머리를 조아리며 물러났지만 두 눈엔 살기가 번뜩였다.

사흘 동안 총사 관저의 염탐으로 알아낸 것은 풍비호가 뇌옥을 방문했다는 점이다. 잡아들이는 것에만 관심이 있는 풍비호가 이미 투옥된 죄수에게 관심을 보였다는 것은 정보가 있다는 것이리라.

'도대체 누굴 만난 것일까?'

대막심은 풍비호가 만난 인물이 모든 의문의 중심에 있음을 짐작할 수 있었다.

'그 사람을 찾아야 한다. 하나 그곳은 아무나 출입할 수 있는 곳이 아니다.'

뇌옥은 총사 급 이상의 신분이 아니면 방문조차 금지되는 특수기관이었다. 그곳에서 정보를 알아내는 것은 불가능에 가까웠다.

그러나 어디나 빈틈은 있는 법. 대막심은 총사관 관저를 잠시 노려보다가 경부로 발길을 옮겼다.

"아이구, 이게 누구십니까, 조장님. 오랜만에 뵙겠습니다. 이리로 드시죠."

조그마한 체구에 남루한 차림새의 노인은 대막심의 얼굴을 보곤 바로 굽실거리며 자리를 권했다.

천마신교의 빈민층의 거주지인 경부에서는 살기 위해 살인, 약탈, 매춘이 성행했다. 누구나 죄인인 경부에서 수사를 위해 들락거리는 수사관은 이들에겐 무소불위의 권력자나 마찬가지였다.

"서옹, 도움이 필요합니다."

생김이 쥐와 닮았다 하여 서옹이라 불리는 노인은 작은 체구와 간사해 보이는 얼굴과 어울리지 않게 경부를 틀어쥐고 있는 실권자였다.

그러나 그는 절대 전면으로 나서서 일을 처리하는 법이 없었다. 언제 어떤 일이 생길지 모르는 전쟁터 같은 경부에서 수십 년 동안 지배자로 군림해 온 그의 연륜이 엿보이는 점이기도 했다.

대막심이 서옹의 정체를 알아낸 것도 거의 운에 가까웠다. 그만큼 서옹의 위기관리 능력은 탁월했다. 대막심은 서옹의 정체를 함구하고 몇몇 편의를 봐준 대가로 정보를 제공받았다.

"무슨 일이신지요? 댁에 좋지 못한 일이 있어서 쉬고 계신

줄 알았습니다만."

서옹의 물음엔 많은 의미가 담겨 있었다. 이미 자신의 일을 알고 있다는 뜻이기도 했고, 완곡하게 골치 아픈 일엔 참견하고 싶지 않다는 말이기도 했다.

"도움을 받았으면 합니다."

대막심은 다시 입을 열었다. 서옹은 대막심을 바라보다가 곰방대를 꺼내 들었다.

"조장님의 마음은 이해합니다만, 상대가 너무 강합니다. 수사당 총사에게 어찌 복수를 하려 하십니까? 무모합니다."

서옹은 연기를 한숨처럼 토해내며 말했다. 대막심은 자신의 심정을 알아챈 서옹의 눈썰미에 몸을 굳혔다. 그러나 속내를 들켰다는 것을 보이면 안 되는 곳이 바로 이곳 경부였다.

"상대가 잘못된 것 같소, 서옹. 내 복수의 대상은 총사가 아니라 내 아들을 죽인 자요."

서옹의 눈초리가 가늘어졌다.

"그렇다면 왜 총사 관저는 엿보고 계셨던 것입니까?"

대막심의 뒷덜미로 식은땀이 솟았다.

"총사가 뭔가 숨기는 것이 있는 것 같습니다."

"그럼 그것을 알아봐 달라는 것입니까?"

"그렇습니다. 이미 서옹이 알고 있는 것이겠지만 총사가 뇌옥을 방문했습니다. 그곳에서 누굴 만나고 어떤 이야길 했는지 알고 싶습니다."

"뇌옥이라······."

곰방대에서 뻐끔뻐끔 흰 연기를 피워내던 서웅의 눈에 긴장의 빛이 역력했다. 자신의 일거수일투족에 대해 자세히 파악할 정도의 역량을 가진 서웅이 긴장할 정도라면 뇌옥의 경비가 얼마나 치밀한지 짐작할 수 있었다.

"하아~ 이거 조장님께서 나중에 크게 한턱 내서야 할 것 같습니다."

서웅의 말에 대막심은 안도의 한숨을 내쉬었다. 그러나 경부의 서웅에게 빚을 진다는 것은 그리 마음 편한 일은 아니었다.

대막심이 돌아간 후 서웅은 자신의 심복인 복치를 불러들였다.

복치는 대외적으로 귀머거리에 벙어리였다. 그러나 그는 듣고 말하는 데 아무 이상이 없었다. 서웅의 심복답게 경부에서 살아남기 위해 타인의 방심을 이용하는 치밀함을 가지고 있었던 것이다.

"대막심이 다녀갔다. 아무래도 뇌옥에 무슨 일이 있었는지 알아봐야겠다."

서웅의 말에 복치가 걱정스러운 표정이 되었다.

"뭘 걱정하는지 알고 있다. 하나 왠지 그냥 넘기기엔 뭔가 꺼림칙하다. 위험하더라도 정보를 캐두는 것이 좋을 것 같다."

서옹의 말에 복치가 고개를 끄덕였다. 이십 년 넘게 전쟁터 같은 경부에서 살아남아 숨은 강자가 된 서옹의 예감은 귀신같이 잘 맞는다는 것을 복치도 알고 있었기 때문이다.

"아무리 철옹성 같은 뇌옥이라도 틈은 있는 법. 백귀를 불러라. 그 아이라면 가능할 것이다."

서옹의 말에 복치가 고개를 끄덕이며 물러갔다.

"부르셨습니까?"

서옹 앞에 선 이는 호리호리한 체구의 남자였다. 그러나 단단한 몸의 짜임과 눈빛에서 녹록지 않은 사내라는 것을 짐작할 수 있었다.

"뇌옥에서 알아볼 것이 있다. 가능한가?"

서옹의 물음에 백귀는 재수 옴 붙었다는 생각이 들었다.

'하필 하고 많은 곳 중에 뇌옥이라니……'

"어려울 것 같습니다."

백귀의 대답에 서옹의 얼굴에 이채가 스쳤다.

"네놈이 어렵다고 말하는 것은 처음 듣는구나."

'제길!'

백귀는 속으로 욕을 뱉어내며 화를 참았다. 어려운 정도가 아니라 거의 불가능에 가까웠다. 뇌옥이라면 초고수 급 미치광이들이 득시글거리는 곳 아닌가. 그런 곳에서 정보를 알아오는 것은 불가능했다.

한 사람만 빼곤 말이다.

그 한 사람이 바로 자신이라는 것은 두말할 필요도 없었다.

"어렵지만 알아는 보겠습니다."

"그래도 못한다는 말은 없군."

서옹은 빈정거리듯 말했다.

'망할 영감탱이!!'

백귀는 이를 부득부득 갈았다.

"대신 조건이 있습니다."

"조건?"

"영패의 다음 주인은 접니다. 그걸 확실히 해두고 싶습니다."

백귀의 말에 서옹의 눈초리가 가늘어졌다. 영패는 경부 주인의 인장과도 같았다. 그런 영패를 달라는 말은 서옹의 공식적인 후계자로 인정받고 싶다는 뜻이기도 했다.

"이 자리가 그리 탐나면 아예 내가 빨리 죽으라고 고사를 지내는 건 어떠냐?"

"그것도 좋겠죠. 하지만 저는 좀 더 확실한 것을 원합니다."

서옹은 자신의 말에 눈 하나 깜짝하지 않는 백귀의 태도에 흐뭇했다.

'많이 컸어. 걱정할 일은 없겠어.'

"다녀오너라. 이번 일만 잘 마무리 짓는다면 경부의 다음 주인은 너다."

백귀는 희미하게 미소 지으며 서웅을 바라봤다.

"영패나 잘 보관해 두십시오, 아버지."

최고의 경비를 자랑하는 뇌옥은 천마신교 안에서도 최악의 마인들만 수감되어 있는 옥사였다. 만년한철로 만들어진 정문은 귀한 것은 물론이고, 어느 누구의 침입과 탈옥도 용납하지 않겠다는 의지를 엿볼 수 있었다.

그 위용에 걸맞게 일반 경비병도 절정을 넘어서는 고수들로 포진하고 있었다. 수감자가 초절정을 넘어선 시대의 마두들이니 일반 경비병도 절정을 상회하는 고수여야 하는 것은 당연한 이치였다. 그러나 그들 중에서도 가끔 예외가 있었다.

상달은 절정고수로 평가받고 있었지만 사실은 기영단이라는 영단을 복용하고 기도만 상승한 가짜 고수였다. 다른 사람들이 보기엔 초절정고수라 여겨질 정도로 날카로운 기세와 눈빛이었지만, 사실은 중수 정도의 칼잡이 정도밖에 되질 않는 자였다.

그런 허점을 놓칠 백귀가 아니었다. 백귀는 상달의 생활 습관과 근무 일정을 자세히 조사했다. 보름에 걸친 조사와 준비 후 백귀는 행동에 나섰다.

"어이, 여기 홍루주 한 병 가져와!"

퇴청 후에는 어김없이 주루에 들르는 상달의 습관을 알고 있던 백귀는 점소이에게 술에 섭혼약을 타도록 지시했다. 상달은 술에 약을 탄 줄도 모른 채 벌컥벌컥 들이켜곤 주루의 기녀를 끼고 잠자리에 들었다.

"일어나라."

백귀는 상달의 뺨을 찰싹 후려쳐서 잠을 깨웠다. 그러나 약과 술에 취한 상달은 정신을 차리지 못했다.

"약 효과는 확실하군. 너는 나가봐."

경부의 이인자답게 근엄한 목소리로 백귀가 말하자, 기녀는 고개를 조아리며 물러났다.

백귀의 작은 체구와 순해 보이는 인상 때문에 그를 무시하는 자가 많았다. 그러나 그의 무력이 단련된 육체가 아닌 무시무시한 섭혼술에 있다는 것을 안 후에는 아무도 백귀를 무시할 수 없었다.

원래 섭혼술은 무공이 아닌 사술로 평가되었다. 무공처럼 무력을 사용할 수도 없거니와 시전 속도가 현저하게 느리다는 고정관념이 자리 잡고 있었기 때문이었다.

그러나 백귀의 경우엔 해당되지 않았다.

백귀가 사용하는 섭혼술은 특이하게도 육체의 변화를 꽤할 수 있는 매우 진기한 섭혼술이었다. 혼의 변화가 육체까지 영향을 미치는 아주 드문 무공이라 할 수 있었다. 게다가 상대의 몸과 자신의 몸을 바꿀 수 있는 혼백치환술(魂魄置換術)까지 사용할 수 있었기에 절정의 무인도 두렵지 않았다.

"탈혼!"

백귀의 입에서 영기를 담은 외침이 떨어졌다. 그러자 희끄무레한 혼백이 꾸물꾸물 상달의 인중에서 빠져나왔다. 백귀는 상달의 혼백을 자신의 인중으로 밀어 넣었다.

"으윽!"

다른 사람의 혼이 자신의 몸에 들어오는 순간을 자주 경험한 백귀였지만 새어 나오는 비명은 어쩔 수 없었다.

"제길!"

백귀는 그 소름 끼치는 감각에 치를 떨며 천천히 자신의 혼을 이동시켰다.

털썩!

혼이 상달의 몸으로 이동하자 백귀의 몸이 나뭇단처럼 바닥에 쓰러졌다.

"성공이로군."

백귀는 몸이 제대로 움직이는지 팔을 펴고 다리도 움직여 보며 중얼거렸다.

'앞으로 한 시진, 그 안에 알아내야 한다.'

혼백치환술의 제한 시간은 한 시진. 마음이 조급해진 백귀는 뇌옥으로 발걸음을 옮겼다.

"어이, 오늘은 웬일로 쌩쌩해? 어제 명월이가 별로였나 보군."

뇌옥의 경비병들은 백귀에게 농을 걸어오며 물었다.

"하긴 똑같은 것도 매일 먹으면 질리지."

"조심하라고. 매일 똑같은 것만 먹으면 배탈 날지도 모르니까."

경비병들은 음담패설을 늘어놓고 와자하게 웃으며 각자 자신의 구역 경비를 위해 움직였다. 뿔뿔이 흩어지는 모습을 확인한 후 백귀는 자신이 목표로 하고 있는 전각을 바라봤다.

뇌옥 관리당. 그곳에 수사당 총사가 방문한 기록이 남아 있을 것이다.

백귀는 신중하게 주변을 살핀 후 관리당으로 움직였다. 다행스럽게도 뇌옥은 정문과 각 옥사에 초절정 급 고수들을 포진시켜 놓았지만, 탈주의 위험이 없는 관리당의 경비는 허술한 편이었다. 관리당에 들어선 백귀는 품 안에서 작은 대나무 통을 꺼내 들었다.

쉭! 쉭!

소름 끼치는 숨소리가 들리고, 대나무 통 안에서 백사 한 마리가 스르르 빠져나왔다. 백귀가 부리는 귀령사였다. 각종 문서 안의 내용을 읽어내고 냄새까지 귀신같이 맡는 귀한 영물이었다. 수사당 총사가 방문을 했다면 분명 손수 수결을 했을 터이니 귀령사가 그 흔적을 찾아낼 것이다.

백귀가 귀령사를 풀어주기가 무섭게 날렵하게 문서더미 안으로 사라졌다. 백귀는 귀령사가 원하는 정보를 찾을 동안 돈이 될 만한 뇌옥의 정보를 찾아보았다.

경부에서 살아남기 위해서는 갖가지 정보가 필요했다. 백귀는 뇌옥 안의 죄수 명부를 빠르게 살피기 시작했다.

'천면악귀, 귀살흑마, 검종야차, 도극흑귀, 살귀광창……'

백귀는 수감자의 면면에 놀라고 있었다. 모두 악질적인 마인으로 문파를 송두리째 말살시킨 자에서부터 엽기적인 살인 행위를 일삼던 자까지 하나같이 끔찍한 자들이었다.

'대단하군. 이자들에 비하면 경부는 애들 장난이로군.'

백귀가 쓰게 웃음을 지으며 서류를 덮으려는 순간 이질적인 한 명의 이름을 발견했다.

'천수흑선?'

도가 계통의 별호라는 느낌과 그에 대한 아무런 기억도 없다는 것에 백귀는 잠시 인상을 찡그렸다.

'분명 들어본 적이 있는데?'

쉭! 쉭!

잠시 생각에 잠긴 백귀의 귓가로 귀령사의 거친 숨소리가 들려왔다. 원하던 것을 찾은 것이다. 백귀는 귀령사를 집어 들고 대나무 통 안으로 밀어 넣었다.

'찾았군!'

분명 수사당 총사가 남긴 수결이 선명한 서류엔 대력살신이라는 글자가 또렷했다.

'대력살신? 그 미치광이 살인마? 도대체 왜 그를 만난 것이지?'

백귀는 호기심에 문서에 손을 댔다.

'제길!'

백귀는 다음 순간 시커멓게 손가락이 죽어가는 것을 발견했다. 몸이 바뀌어도 통증은 느낄 수 없었기에 중독되었다는 것을 눈으로 알아차린 것이다. 어찌나 강한 독인지 살점이 꺼멓게 문드러지며 썩어 내리고 있었다.

'종이에 독이 발라져 있었다니……. 게다가 이런 악질적인 독은 들어본 적도 없어.'

백귀는 자신의 실수를 깨달았다. 아무리 쉽게 정보에 접근하였다 해도 이곳은 천마신교의 악명 높은 뇌옥. 너무 순조롭게 일이 풀린 탓인지 순간의 방심이 불러온 결과였다.

백귀는 재빨리 중독된 손가락을 잘라 버렸다. 그냥 둘 수도 있었지만, 독을 그냥 방치한다면 온몸으로 퍼져 움직일 수 없게 된다.

투툭!

바닥에 검은 피와 살점이 뿌려졌다.

'제길! 이렇게 되면 조용히 끝내긴 어렵겠군.'

뇌옥은 초절정고수들의 집합 장소나 마찬가지다. 이런 곳에서 피를 흘렸으니 발각되는 것은 시간문제였다.

"웬 놈이냐!"

아니나 다를까, 금방 관리당의 문을 박차고 두 고수가 모습을 드러냈다.

"너는 서옥의 경비병이 아니냐?"

키가 큰 중년인이 상달을 알아봤다.

"아니, 그는 경비병이 아니다."

두 고수 뒤에서 소름 끼치는 목소리가 들려왔다.

"옥주님!"

두 고수가 고개를 조아리며 흑의인을 맞았다.

'제길, 살아서 나가긴 글렀군.'

백귀의 얼굴에 절망감이 스쳤다.

"너는 누구냐? 이곳 경비병 중에 정보를 훔치려는 간 큰 녀석은 없거늘. 사고 치면 내가 어떻게 다뤄주는지 알고 있으니 일하는 녀석은 아닐 테고. 흠, 그 인피면구, 정말 끝내주는데? 진짜 사람 얼굴 같잖아."

날카로운 기세에 유들거리는 말투가 전혀 어울리지 않는 흑의인의 모습에 백귀는 이를 악물었다.

'고수다, 그것도 초절정의 가장 높은 단계에 있는. 게다가 적을 혼란에 빠뜨리는 말솜씨. 내가 어찌할 수 있는 상대가 아니다. 빨리 벗어나야 한다.'

백귀는 직감적으로 흑의인이 위험하다는 것을 알아차렸다. 기를 극성으로 끌어올려 상대의 심기를 흐리는 섭혼안과 육체를 변환시킬 수 있는 섭혼치환공을 시전했다.

뿌드득!

백귀의 몸 근육이 팽창하면서 좀 더 강한 근력을 쓸 수 있도록 변화했다.

"재미있군. 사술을 많이 봐왔지만 네 녀석이 쓰는 섭혼술은 굉장히 특이하군. 그건 인피면구가 아니라 몸을 아예 빼앗은 거로군. 네놈은 누구지? 그리고 뭘 찾고 있었나?"

흑의인의 얼굴에 흥미로운 기색이 떠올랐다. 백귀는 온몸의 털이 곤두설 정도로 깜짝 놀랐다. 자신의 무공을 보는 것만으로 파악하다니 실로 놀라운 안법이었다. 자신을 천천히 살피는 흑의인의 얼굴에 길게 검상이 새겨져 있었다.

'젠장! 그러고 보니 얼굴을 가로지르는 검상을 가진 고수를 알고 있었는데…….'

한참 기억을 더듬는 백귀의 뇌리를 강타하며 한 사람이 떠올랐다.

'내 능력을 한 번에 알아볼 정도의 고수가 저리 큰 상처를 입었다면 꽤나 떠들썩한 칼부림이었을 텐데……. 최근에 가장 큰 소문이라면 정파의 무림맹주와 한바탕했다는… 설마 저자가 귀면옥주? 아니야. 그럴 리가……. 진짜 그자라면 여기서 살아 나가기는 글렀군.'

백귀는 절망적인 심정이었다. 탈옥한 마인을 잡기 위해 강호로 나선 귀면옥주와 무림맹주의 어마어마한 비무는 누구나 다 아는 이야기였다. 설마 이곳에서 그런 초고수와 마주칠 줄이야.

백귀는 이번 일로 경부의 주인 자리보다 더한 것을 요구했어야 했다는 뒤늦은 후회가 들었다. 그러나 여기서 죽을 생각은 없었다.

'아무리 뛰어난 고수라도 허점을 이용한다면 활로를 찾을 수 있을 것이다.'

백귀는 온몸의 신경을 바짝 곤두세우고 출수할 준비를 마쳤다.

'순간을 노리는 거다.'

백귀는 긴장으로 입안이 바싹 말랐다. 그러나 귀면옥주는 아주 재미있는 양 빙글빙글 웃으며 백귀에게 다가왔다.

'저 상처가 정파 무림맹주와 비무 끝에 얻은 상흔이란 말이지.'

백귀는 절체절명의 순간에도 귀면옥주의 얼굴에 난 검상을 바라보며 생각에 잠겼다.

'섭혼술로 주의를 흩어놓는다면 틈이 생길 것이다.'

"아니지. 나라면 절대 섭혼술은 쓰지 않겠어. 이건 비밀인데 말이야, 나는 마안의 공능을 가지고 있거든."

귀면옥주의 눈이 검게 번들거리고 있었다. 흰자가 사라진 검은 눈동자로 백귀를 바라보며 씨익 웃는 모습이 마치 지옥에서 올라온 악귀같이 느껴졌다.

자신의 모든 것을 파악하는 그의 뛰어난 실력에 백귀는 다시 한 번 깊은 절망을 느꼈다.

'영패는 이미 물 건너간 건가? 죽더라도 이대로 그냥 죽을

순 없지.'

백귀는 이를 사리물었다. 귀면옥주는 백귀의 반응에 재미있다는 듯 씩 웃었다. 날카로운 송곳니가 언뜻 엿보이는 얼굴이 먹이를 노리는 맹수 같았다.

"자, 그럼 오랜만에 재미있게 놀아보자고."

귀면옥주는 백귀를 향해 권을 날렸다. 장난처럼 가볍게 뻗은 주먹이었지만, 공기를 가르는 소리는 매서웠다. 백귀는 똑바로 날아오는 권을 보법을 밟으며 재빨리 피했다.

그러나 피했다고 생각한 것은 백귀의 착각이었다. 똑바로 날아오던 권이 순식간에 장으로 변해 백귀의 목덜미를 움켜쥐려 했다.

컥!

바위에 깔린 듯한 엄청난 충격으로 백귀의 몸이 부르르 떨렸다. 백귀는 재빨리 몸을 틀어 그의 손아귀에서 벗어났다. 그러나 귀면옥주의 엄청난 장력에 내력이 손상되었다.

'단 한 순간만 그의 주의를 분산시키면 살 수 있다.'

백귀는 울컥 솟아오르는 핏물을 삼켰다. 적에게 약한 모습을 보인다는 것은 경부의 실력자로 용납할 수 없는 일이었다. 아무리 상대가 초절정고수라도 백귀 자신도 무인이었기에 부릴 수 있는 오기였다.

"오, 내상을 입었을 텐데 꽤나 튼튼하군."

귀면옥주는 감탄했다는 듯 말했다.

'제기랄!'

백귀는 귀면옥주가 자신을 가지고 놀고 있다는 사실에 화가 치밀었다. 지금 당장 죽일 수 있음에도 그는 백귀의 무공을 시험해 보며 평가하고 있었다.

"이번엔 좀 아플 거야."

귀면옥주는 혈수라장(血手羅掌)을 펼치며 백귀의 왼편을 파고들었다. 백귀는 재빨리 신환공(身換攻)으로 근육을 수축시켜 몸을 빼냈다. 귀면옥주는 흥미롭다는 얼굴로 백귀가 피하는 모습을 바라봤다.

"꽤 하는군. 혈수라장을 그런 방법으로 벗어나다니. 섭혼술도 쓸 만한 무공이군."

백귀는 귀면옥주가 자신의 무공을 평가하는 동안 품 안을 더듬어보았다. 경부의 뒷골목에서 잔뼈가 굵은 백귀는 절체절명의 순간에 쓸 수 있는 한 수 정도는 늘 준비해 놓고 있었다.

빠른 속도로 다시 쇄도해 오는 귀면옥주에게 백귀는 암기를 뿌렸다. 일반적인 암기라면 가볍게 피할 수 있겠지만, 백귀의 암기는 조금 특별했다.

백귀가 직접 제작한 암기는 특별했다. 살아 있는 무기라 말할 수 있는 백귀의 암기는 안에 불어넣은 맹수의 혼이 발현되어 적을 공격하는 놀라운 능력을 가지고 있었다.

차맹령이라 이름 지은 이 암기의 효과는 뛰어났지만 제조

법이 까다롭고 빙옥석과 만년한철이라는 값비싼 재료비 때문에 암기로 만드는 것이 사치라 여겨질 정도였다.

한 번 쓰면 두 번 다시 쓸 수 없는 암기에 어마어마한 돈을 투자하는 것은 일반 무인의 상식으로는 있을 수 없는 일이었기 때문이다.

그럼에도 백귀는 만약의 사태에 대비해 비장의 한 수로 아껴두고 있었던 것이다.

챙!

"어디서 이런 장난감을 가지고 다니시나? 응?"

귀면옥주는 날아오는 차맹령을 단순한 암기라 여기고 수도로 쳐냈다. 다음 순간 바닥에 떨어졌던 차맹령이 살아 있는 듯 귀면옥주에게 튀어 올랐다.

챙!

귀면옥주는 다시 튀어 오른 암기에 정신이 팔려 잠시 한눈을 팔았다.

'지금이다!'

백귀는 다시 품속을 더듬었다.

"이거 또 재미있는 걸 가지고 있군."

다시 마안을 시전한 귀면옥주는 암기에서 희미하게 빛나는 섭혼술의 흔적을 찾아냈다.

"기술이 정말 좋군. 도대체 어디서 이런 섭혼술을 익혔는지 아주 궁금하군."

화르륵!

귀면옥주는 손에서 삼매진화를 일으켜 차맹령에 뿌렸다.

치이익!

크왕!

삼매진화의 열기를 고스란히 뒤집어쓴 차맹령은 마치 살아 있는 맹수처럼 길게 포효하며 파르르 떨다가 바닥으로 떨어졌다.

"자, 그럼 장난은 그만하고, 진지한 대화를 나눠보실까?"

귀면옥주는 무시무시한 살기를 뿌리며 백귀의 정면으로 쇄도해 들어왔다. 장력이 백귀의 몸에 작렬했다.

퍽!

백귀가 핏물을 토해내며 주춤 물러서자 귀면옥주가 백귀의 멱살을 틀어쥐고 제압했다. 그러나 다음 순간 백귀의 몸이 실 끊어진 연처럼 무너져 내리자 당황한 귀면옥주는 허둥지둥 백귀의 상태를 살폈다.

"옥주님, 자결한 것 같습니다."

"아니, 녀석은 도망쳤다."

"네?"

"하하, 내가 놈을 너무 얕잡아본 것 같군. 그 짧은 시간에 섭혼술을 시전해 도망쳤어. 죽은 건 몸뚱이를 빼앗긴 멍청한 녀석이야. 쥐새끼 같은 놈! 녀석이 어떻게 도망쳤는지 궁금하군."

헉! 헉!

백귀는 차가운 귀령사의 몸에서 자신의 몸으로 돌아온 후 거칠게 숨을 내쉬었다.

'십년감수했군.'

천마신교 초고수의 이목에서 도망치는 것은 쉽지 않은 일이다. 그러나 귀면옥주가 백귀의 암기에 정신을 팔고 있던 덕분에 재빨리 품 안에 귀령사의 몸으로 혼을 옮겨 빠져나올 수 있었다. 동물의 몸에 혼을 옮긴 후 원래의 몸으로 돌아오면 기의 손상이 컸다. 그러나 살아남는 것이 중요했기에 백귀는 앞뒤 가릴 여력이 없었다.

"얻은 것보다 잃은 것이 많군."

백귀는 쓰게 웃으며 축 늘어진 귀령사를 집어 들었다. 귀령사의 혼백을 상달의 몸으로 옮긴 후 귀면옥주의 공격을 받은 그때에 귀령사의 혼백은 죽었을 것이다. 다행히 백귀의 혼은 귀령사에 몸에 안착하여 도망칠 수 있었다.

"대력살신이라……. 기이한 안개에 영아 살인이 예언의 징조라……. 어째 골치 아프군. 그래도 계속 조사해 볼 가치는 있었어. 잘만 하면 크게 한몫 잡을 수 있는 정보로군."

백귀는 죽다 살아난 사람답지 않게 눈을 번쩍이며 알아낸 정보의 가치를 따져 보았다.

"게다가 뇌옥의 수감자들에 대한 정보까지 알아냈으니 일석이조로군."

뇌옥의 수감자에 대한 정보는 천마신교 수뇌부에겐 공개되고 있었으나 일반인은 함부로 접근할 수 없었기에 유용한 정보가 될 것이다.

"이 정도면 영패 값은 충분히 되겠어."

백귀는 알아낸 수감자들의 이름을 문서로 만들어놓고 만족스러운 듯 고개를 끄덕였다.

*　　　*　　　*

온갖 흉흉한 소문이 도는 천마의 수련동에서 시험이 이루어지는 것을 두고 세간에서는 말들이 많았다.

"역시 흑풍 마림원은 달라도 한참 달라. 아이들의 담력까지 시험하는 건가?"

"고위 자제만 다니는 학원이라 시험도 요란하게 치르는군."

뭣 모르는 사람들은 학장인 비영검이 아이들의 담력까지 시험하기 위해 유난을 떤다고 생각했다. 그러나 그것은 어디까지나 세간의 평이었고, 천마신교의 장로들과 교주들은 비영검의 이상 행보에 비상한 관심을 보였다.

"비영검이 수련동에서 선발 시험을 치른다?"

소름 끼칠 정도로 창백한 얼굴의 중년 남자가 보고서를 살피며 중얼거렸다. 그는 천마신교의 장로 세력의 중심인 일장로 백면혈수였다.

"조용히 지내길 바라는 줄 알았는데… 뭘 하려는 거지?"

백면혈수는 인열의 얼굴을 떠올렸다.

"제자를 잃으면 우리 쪽으로 돌아설 줄 알았는데…… 죽음으로 내몬 것은 교주였지만, 버린 것은 우리라 생각하고 있겠지. 교주와 우리 모두 적이라 생각하는 이가 양쪽 모두에게 책잡힐 만한 무모한 행동을 한 이유가 있을 터. 자세한 상황을 알아봤나?"

"장로께서 그리 지시하실 줄 알고 대강의 상황을 조사해뒀습니다."

아무도 없는 허공에서 낮은 목소리가 답했다.

"그래? 이유가 뭔가?"

"총서관 최영달이 압력을 행사한 것 같습니다."

"총서관?"

백면혈수는 잠시 생각에 잠겼다. 그의 뇌리에 비굴한 웃음을 입가에 매달며 눈치를 살피던 남자가 떠올랐다.

"그자가 비영검에게 압력을 행사했다고?"

백면혈수는 어이가 없어 헛웃음을 치며 물었다. 지금은 한직으로 물러나 있어도 엄연한 천마신교의 오대고수이자 마인들의 존경을 한 몸에 받는 비영검에게 그런 무례한 행동을 했단 말인가.

"이번 마림원 일차 시험에서 최영달의 아들이 낙방했습니다. 그 때문인지 최영달이 비영검을 방문하고 난 후에 이런 결정이 내려졌습니다."

"교주 쪽의 반응은 어떤가?"

"별다른 반응은 없었습니다. 다만……."

낮은 목소리는 말끝을 흐렸다.

"다만 뭐지?"

"이번 시험에 교주님의 손자분이 포함되어 있습니다."

"천우룡? 그 아이가?"

백면혈수는 냉혹한 교주를 가장 많이 닮았다고 평가되는 천우룡의 서늘한 기가 감돌던 얼굴이 떠올랐다.

"멍청하고 우둔한 놈이 잠든 호랑이의 꼬리를 당긴 격이군."

"어찌 처리할까요?"

"놔두게. 우리가 어찌할 수 없는 자가 아닌가. 혹, 교주 쪽에서 손을 쓴다면 모를까 비영검은 잘못 건드리면 오히려 우리에게 등을 돌릴 수도 있어."

＊　　　＊　　　＊

수련동 앞에 모인 아이들은 긴장감에 숨소리조차 내지 못하고 두려운 눈으로 동혈의 입구를 바라보고 있었다. 시험관이 지켜보는 가운데 치러지는 시험이라도 흉흉한 소문이 떠도는 장소다. 이곳에 걸음을 했다가 죽은 자도 부지기수라 들었다.

그런 곳에서 치러지는 시험이니 더욱 긴장되고 두렵기까지 했다. 아이들의 긴장 어린 표정과는 달리 수련동 앞에는 난전이 생기고 사람들이 북적였다. 마림원의 선발 시험을 구경하고자 하는 사람들이 대거 몰리면서 장사치들까지 따라서 모여든 것이다. 구경꾼들 사이로 내기 돈을 거는 사람들까지 등장했다.

"나는 교주님의 손자인 천우룡의 합격에 열 냥 걸겠네."

"그럼 나는 외공에 자질이 있다는 백환이란 아이에게 닷 냥!"

내기를 거는 사람들 사이로 덩치가 큰 중년인이 나타났다.

"중정학관의 마설천에게 백 냥 걸겠소."

"어디의 누구……?"

돈을 걷던 중개인은 순간 귀를 의심하며 물었다.

"중정학관 마설천에게 걸겠다고 했소."

"다시 생각해 보는 게 어떻겠소? 그 중정학관은 실력없기로 소문난 학관이오. 명문 학관의 다른 아이들도 있으니……."

"그 아이로 하겠소."

중개인의 말을 자르며 설천에게 돈을 건 사람은 백중철이었다.

'크흐흐, 내가 제자 덕에 돈 좀 벌겠구나.'

설천의 합격을 추호도 의심하지 않는 백중철이었다.

"뭐, 댁의 돈이니 알아서 하시구려."

중개인은 신경 써서 해준 말을 전혀 귀담아듣지 않는 백중철의 태도에 머쓱해져 말했다.

수련동 앞은 흉흉한 소문의 장소가 맞는지 의심스러울 정도로 활기가 넘쳤다. 사람들이 내기 돈을 걸고 아이들의 자질에 대해 의견이 분분한 가운데 시험 시간인 미시가 다가왔다.

"자, 지금부터 한 명씩 수련동의 기관진식을 통과하는 시험을 치르도록 하겠다."

아이들은 긴장이 역력한 얼굴로 자신의 무기를 챙겨 들고 동혈의 입구에 섰다. 흉흉한 소문의 장소답게 동혈의 입구는 서늘한 기운과 소름 끼치는 바람 소리가 계속 들려왔다.

"그럼, 지금부터 순서대로 동혈로 들어간다. 앞 사람이 동혈에 들어간 후 반 각 정도 지난 후에 다음 사람이 입장하는 형식이다. 각각의 기관진식에서 상처를 입거나 포기하면 탈락이다. 그리고 이곳 초마동혈은 수련동혈의 첫 번째 동굴로, 모두 세 개의 기관진식으로 이루어져 있다. 그 세 개 진식을 모두 통과해야 합격이다. 자, 그럼 첫 번째 수험자인……."

다그닥! 다그닥!

"멈추시오!"

흙먼지를 일으키며 쏜살같이 말 한 마리가 달려왔다. 말 위의 전령의 팔에는 천마신교의 기관을 상징하는 마(魔) 자가 선명했다.

"무슨 일이오?"

시험관의 총책임자인 동평이 노한 음성으로 물었다.

"총서관의 시험 중단 명령서요."

"뭣이라!"

전령의 말에 아이들이 불안한 얼굴로 수군거렸다. 날벼락같은 통고에 주변의 구경꾼과 장사치들은 발끈했다.

"아니, 이미 시작한 시험을 이제 와서 못하게 해? 이런 법이 어디 있담."

"제길, 오늘 장사는 글렀군."

장사치들과 구경꾼은 시험 중단에 맥이 빠졌고, 아이들은 귀가 솔깃했다.

"흑풍 마림원의 학장인 비영검에게 이번 시험은 수험자의 안전을 고려하지 않은 장소 선별로 인해 허락할 수 없음을 알린다!"

전령은 큰 소리로 자신이 가져온 공문의 내용을 읽어 내렸다. 전령의 말을 듣고 있는 비영검의 얼굴이 싸늘한 냉기를 뿜어냈다.

'더 이상 권력에 휘둘리지 않겠다는 뜻을 분명히 했건

만······.'

"그럼 우리 시험은 어찌 되는 거야?"

"다행이다. 여기서 시험 보는 게 영 꺼림칙했거든."

아이들의 수군거리는 소리가 비영검의 귓가에 들려왔다. 까만 눈동자들이 호기심과 불안함을 담고 반짝거리고 있었다.

'처음 인열이 검을 잡을 때도 저런 눈이었던가?'

비영검은 잠시 상념에 빠져들었다.

'여기서 물러설 수는 없는 일. 이것은 비단 총서관과 그의 아들만의 문제는 아니다. 내가 양보한다면 또 다른 이가 자신이 원하는 대로 하려 들 것이다. 또 그런 욕심으로 인해 아이들에게 상처를 입힐 수는 없다.'

"그 명령은 따를 수 없소."

비영검이 전령을 노려보며 차가운 목소리로 말했다.

"이곳의 관리와 책임은 전적으로 마림원의 수장인 내게 일임되어 있소. 아무리 총서관의 명령이라도 따를 수 없으니 돌아가 그리 전하시오. 자, 모두 조용! 지금부터 시험을 시작하겠다!"

비영검은 전령을 무시하며 시험 시작을 알렸다.

"뭐, 뭣이라? 지금 명에 따르지 않겠다는 것이오?"

전령은 자기도 모르게 비영검에게 큰 소리로 따졌다.

스르릉!

다음 순간 전령의 목덜미에 차가운 검이 와 닿았다.

"지금 누구에게 함부로 입을 놀리는 것이냐? 이분이 누구신지 모른단 말이냐?"

차가운 동평의 말에 전령은 얼어붙었다.

"죄, 죄송합니다. 제가 분수를 모르고 그만……."

"됐네. 돌아가 그리 전하시게."

비영검은 혼란스러워하는 아이들을 바라보았다.

"이번 시험에 불만을 품은 사람도 있을 것이고 불안한 사람도 있을 것이다. 하나 한 가지만은 분명하게 말할 수 있다. 이곳 흑풍 마림원은 능력과 실력이 있는 사람만을 선발한다는 점이다."

비영검의 확신에 찬 어조에 장내는 차분하게 정리되었다.

"일번 수험생 수련동으로!"

동평의 힘찬 외침과 함께 시험이 시작되었다.

*   *   *

"비영검이 그리 말했단 말이지?"

최영달은 분노로 벌겋게 달아오른 얼굴로 전령의 말을 전해 들었다.

"알았으니 물러가라!"

최영달은 싸늘하게 일갈하며 전령을 내보냈다.

와지끈!

전령이 물어나자 최영달이 분노를 참느라 꽉 움켜쥐고 있던 의자의 팔걸이 부분이 요란스레 부서져 내렸다.

"감히 비영검이 내 명령을 무시해! 아무리 그자가 고수라 해도 지금은 내 아래에 있거늘!"

자존심과 자만심이 하늘을 찌르는 최영달은 분노로 머릿속이 하얘졌다.

"비영검! 절대 가만두지 않겠다!"

이를 갈던 최영달의 머릿속에 기막힌 생각이 떠올랐다.

"그리만 된다면 비영검을 확실히 처리할 수 있겠지."

최영달은 음험한 미소를 흘리며 자신의 계획을 담은 서찰을 써 내려갔다.

"중요한 것은 그것이겠지."

최영달은 벽에 걸린 족자를 떼어내고 비밀 금고의 문을 열었다. 만년한철로 만든 비밀 금고 안에는 그동안 착복해 온 뇌물과 기보, 그리고 이번 계획의 핵심이라 할 수 있는 물건들이 들어 있었다.

"여기 있군. 이걸 써먹을 날이 올지 몰랐군."

최영달은 서찰과 물건을 준비해 두고 총관을 불렀다.

"이 총관, 밖에 있나!"

"찾으셨습니까?"

총관이 최영달의 살벌한 목소리에 당장에 달려나왔다.

"한 서생에게 이걸 전달하고 오늘 중으로 내가 시킨 일을 은밀히 처리하라 전하게."

총관은 최영달에게서 받은 물건과 서찰을 한 서생에게 전달했다.

"지금 시험 중이라 번잡하니 나중에 답신을 주겠네."

한 서생은 시험관으로 참석하진 않았으나, 선발 과정 중의 많은 대소사와 서류를 처리하느라 정신이 없었다.

"하나 총서관께서 오늘 중으로 은밀히 처리해 달라 하셨습니다."

이 총관이 목소리를 낮추고 주변을 살핀 후 말했다.

"오늘 안으로 은밀히?"

한 서생은 불길한 예감이 들었다. 그러나 그에겐 선택권이 없었다. 자신은 일개 서생일 뿐이지만, 총서관은 모든 교육기관의 총책임자였다. 그의 말을 따르지 않는다면 자신의 앞날은 물론이오, 목숨까지 위태로울 수 있었다.

부스럭.

한 서생은 인적이 뜸한 곳으로 자리를 옮겨 최영달이 보낸 서신과 물건을 확인했다.

'이럴 수가!'

한 서생은 최영달이 지시한 내용을 읽고는 자신의 눈을 의심했다. 그러나 서찰과 함께 전달된 물건을 확인하곤 서찰의 내용이 사실임을 알 수 있었다.

'아이들을 가르치는 자가 되어 이런 일을 저질러야 한다는 말인가?'

한 서생은 최영달의 잔인함에 치를 떨었다. 그러나 서찰의 마지막 문장을 읽고 난 후에는 어쩔 수 없이 이 일을 해야 한다는 것을 깨달았다.

내 힘이 없었다면 아직도 일개 서생의 신분을 벗어나지 못했을 터. 이번 일은 내게 은혜를 갚는 일이라 여기게. 아니면 자네 식솔들의 목숨 값이라 생각해도 좋네.

한 서생은 물론 가족의 목숨까지 위협하는 최영달의 잔인함과 교활함에 등골이 오싹해졌다.

'내 이 죄를 어찌 다 갚는단 말인가!'

한 서생은 힘없는 자신의 신세한탄과 함께 자신이 저지를 일로 인해 다칠 아이들이 떠올라 눈앞이 깜깜해졌다.

*   *   *

"시험에 사용할 검은 어떤 것이냐?"

동평은 긴장으로 굳어진 목소리로 천우룡에게 물었다. 천우룡은 귀찮은 표정으로 검을 꺼냈다.

챙!

맑은 소리와 함께 눈이 시리게 검푸른 예기를 뿜어내는 검신이 드러났다.

"흠!"

"우와!"

"저 검이 바로 탈명흑마검!"

천마신교 안에서 천마신검 다음으로 보검으로 치는 탈명흑마검의 예기가 번뜩이는 검신에 구경꾼들의 감탄사가 터져나왔다.

"검 외에 가져갈 물건은 없느냐?"

"없습니다."

천우룡은 무심하게 대답했다. 긴장감이라곤 전혀 찾아볼 수 없는 무표정한 얼굴.

"그래, 그럼 시험 잘 보거라."

동평의 말에 천우룡은 입꼬리를 비틀며 수련동으로 향했다.

"다음은 마설천. 사용할 검은?"

동평은 허름한 무복을 입은 설천에게 물었다. 설천은 태상음양합검을 꺼내 들었다.

스윽!

검집에서 뽑은 검의 형태에 동평은 인상을 찡그렸다.

"설마 그 검으로 시험을 볼 것이냐?"

"네."

동평은 당연한 걸 왜 묻느냐 식으로 고개를 끄덕이는 설천의 모습에 어이가 없었다.

"그 검, 부러진 것이 아니냐? 그걸로 시험을 보겠다고?"

"네. 부러진 검은 쓸 수 없나요?"

설천은 부러진 검이 아니라 말하고 싶었지만, 의부들이 부러진 검이라 여기게 그냥 두라 신신당부했기에 가만히 고개를 끄덕였다.

"아니… 그런 것은 아니다만, 괜찮겠느냐?"

동평은 설천이 걱정스러워 물었다.

"네."

설천은 고개를 끄덕였다.

"알겠다. 그 외에 가져갈 물건이 있느냐?"

"환단과 상비약 몇 개와 식수요."

설천은 의부들이 위험할지도 모르니 꼭 가져가라 챙겨준 물건들을 꺼내놓으며 말했다.

"흠?"

설천이 꺼내놓은 상비약 몇 개를 본 동평의 눈이 휘둥그레졌다.

'설마? 대환단?'

설천이 꺼낸 환단에서는 알싸하고 청량한 향기가 확 풍겨나왔다. 어찌나 향기가 강한지 냄새만 맡아도 정신이 맑아지는 것 같았다.

'그럴 리가 없지.'

동평은 설천의 허름한 옷차림과 신상명세에서 발견했던 고아라는 항목이 떠올라 고개를 저었다. 교룡피갑이 워낙에 가볍고 얇아서 갑옷 위에 허름한 옷을 한 벌 더 겹쳐 입었기에 설천의 모습은 평범한 여염집 아이 같아 보였다.

"자, 그럼 이제 네 차례구나. 침착하게 시험 잘 보거라."

동평은 설천에게 당부의 말을 해줬다. 시험관으로 모든 아이에게 공평해야 했지만, 부모도 없이 부러진 검으로 시험 보는 설천이 측은하게 여겨졌던 것이다.

"감사합니다."

설천은 동평에게 고개를 숙여 보이고 수련동으로 향했다.

우웅!

음습한 동굴 안에서는 축축하고 쇳내가 풍기는 바람이 불었다.

"응?"

설천은 동굴 입구에 발을 들이는 순간 거대한 기가 자신을 감싸는 것을 느낄 수 있었다. 그와 동시에 눈앞의 시야가 흐릿해졌다.

"우와! 신기하다!"

설천은 처음 경험해 보는 진법에 두려움보다는 신기함을 느꼈다. 진 안의 풍경은 이곳이 동굴이라는 것도 잊게 만들 정도의 넓은 대숲이 펼쳐져 있었다.

쏴아아!

바람이 불자 대나무 숲이 출렁이며 댓잎이 바람에 꽃잎처럼 흩날렸다.

"이야! 정말 진짜 같네!"

설천은 시험이라는 것도 잊고 탄성을 질렀다. 눈앞에 펼쳐진 멋진 광경에 눈이 휘둥그레졌다.

쐐액!

그러나 감탄하고 있을 여유가 없었다. 바람에 흩날리던 댓잎 중 하나가 암기였는지 귓가에 파공성이 들려왔다.

챙! 챙!

설천은 날카로운 기감으로 댓잎으로 보이는 암기를 감지해 냈다. 재빨리 검을 들어 암기를 쳐낸 설천은 바람에 흩날리는 댓잎을 가만히 바라봤다.

"역시……."

댓잎 중에 일직선으로 움직이는 모습이 수상스럽게 여겨졌는데, 그 혹시가 역시였던 것이다.

"긴장해야겠어."

설천은 검을 움켜쥐고 조심스레 발길을 옮겼다.

쐐액!

텅!

설천은 부자연스러워 보이는 댓잎 몇 개를 쳐내거나 피하며 걸음을 옮겼다.

수련동혈의 첫 번째 시험은 방향을 가늠할 수 없는 무형만
상진 안에서 올바른 방향을 찾고 공격을 피하는 것이었다. 방
향을 가늠하기 위해 이리저리 움직여 본 설천은 곧 진의 특징
을 파악할 수 있었다.

"눈으로 보면 나가는 법을 찾을 수 없겠어."

설천이 일각 정도를 곧장 걸어도 같은 장소를 계속 맴돌고
있는 듯 눈앞에 펼쳐진 광경은 똑같았다.

"그래, 이곳은 동굴이야. 이런 대숲이 있을 리가 없잖아."

설천은 눈을 꼭 감았다. 그리고 독마군 의부가 가르쳐 준
눈 감고 길 찾는 방법을 기억해 냈다. 설천에겐 눈 감고 길 찾
는 법이라 쉽게 이야기했지만, 온몸의 기를 극대화시켜 감각
을 확장하여 보지 않고도 느낄 수 있는 천안통의 묘리가 담겨
있었다.

"사람은 눈에 보이는 것에 혹하는 경우가 많다. 그러나 눈에 보
이는 것이 전부는 아니다. 인간에겐 오감(五感)이 존재하고, 그것
을 이용하면 눈앞의 광경에만 의지하는 것이 얼마나 어리석은 일
인지 깨닫게 될 것이다."

독마군의 가르침이 생생하게 떠올랐다. 시각을 버리고 다
른 감각을 극대로 활성화시키자 다른 감각들이 천천히 살아

났다. 그러자 대숲의 전경이 지워지고 동굴 안에서 떨어지는 물방울 소리, 썩어가는 비릿한 물 냄새, 피부에 닿는 축축한 공기가 느껴졌다. 그리고 이질적인 기운이 느껴졌다.

"저쪽이다!"

설천은 이질적인 냄새와 소리가 느껴지는 쪽으로 발걸음을 옮겼다. 이질적인 기운이 풍기는 곳에서 검은 인영이 설천에게 다가왔다.

삐걱! 삐걱!

"응? 저건?"

설천의 눈이 둥그레졌다. 검을 빼 들고 설천에게 다가오는 이는 사람이 아닌 석상이었다. 몸에 입은 갑주와 머리에 쓴 투구, 발에 신은 신발까지 하나하나 모든 것이 정교해 언뜻 보면 사람이라 여길 정도로 공을 들여 만든 흔적이 역력했다. 그러나 걸음걸이가 사람처럼 자연스럽지 못하고, 움직일 때마다 삐걱거리는 소리가 들렸다.

"석상?"

쐐액!

석상은 설천에게 가까워지자 조금의 망설임도 없이 검을 내리그었다. 설천은 재빨리 몸을 틀어 석상의 공격에서 벗어났다.

"공격해야 하는 건가?"

타닥!

정교하게 만들어진 석상답게 설천이 물러서자 바로 달려 들며 검을 찔러 들어왔다.

챙!

설천도 검을 꺼내 들어 석상의 공격을 막았다. 열기가 뿜어져 나오는 설천의 검을 정면으로 맞은 석상은 잠시 휘청거렸다. 그러나 설천보다 키가 컸기에 위에서 찍어 누르듯 검을 휘두르며 다시 공격을 감행했다. 설천은 위로 검을 쳐올리며 뒤로 물러섰다.

'응? 공격법이 익숙하네?'

석상의 외형에 정신이 팔려 무슨 검법인지 파악하지 못하던 설천은 몇 합이 오가자 낯익은 검법이라는 것을 깨달았다.

'이건 마심검법의 공격 초식이잖아?'

방어와 공격의 적절한 조화와 빠른 공수 전환이 특징인 마심검법(魔審劍法)은 학관에서도 무공 실력이 뛰어난 아이들에게 전수하는 고급 검법이었다. 설천은 검을 들어 올려 방어와 공격의 맥을 끊으며 석상을 밀어붙었다.

끼익! 끼익!

석상이 힘겹게 설천의 검을 막아내며 뒤로 물러섰다. 그러나 끝까지 마심검법을 착실하게 시전하는 석상은 이미 설천의 상대가 되지 못했다.

'여기선 분명 좌측으로 공격해 들어올 거야.'

설천의 예상대로 석상은 좌측으로 검을 출수했다. 설천은 검을 들어 좌측을 막으며 공격을 위해 앞으로 쏠린 석상의 상체에 검을 뿌렸다.

팍!

'됐다!'

그러나 석상이라 그런지 상처를 입어도 위축되거나 움찔거리는 기색이 없었다.

'사람이 아니라 상처를 입어도 모르는구나.'

석상은 설천의 검에 가슴에 길게 검상을 입었다. 그러나 조금의 흔들림도 없이 다시 공격해 들어왔다. 설천은 마심검법의 검로를 빤히 알고 있었기에 가볍게 몸을 피하며 검을 휘둘렀다.

챙!

사선으로 비스듬히 공격하는 검을 밀어내고 설천은 석상의 옆구리로 검을 내려쳤다.

쩍!

미처 피하지 못한 석상의 옆구리가 쩍 벌어지며 몸체가 크게 요동쳤다.

'이번엔 효과가 있다!'

끼익!

석상이 요동치자 설천은 재빨리 석상의 가슴에 칼을 꽂아넣었다. 그러자 기다렸다는 듯 설천의 검에 깃든 극양의 기운이 석상의 몸체를 집어삼켰다.

털썩! 부스스!

엄청난 열기에 석상은 먼지가 되어 부서져 내렸다.

"응? 아깝다. 열기 때문에 완전히 먼지가 되어버렸네."

움직이는 석상이 신기했던 설천은 먼지가 되어버린 석상이 아깝게 느껴졌다.

끼익! 끼익!

그러나 설천이 아까워할 사이도 없이 또 다른 석상이 공격을 감행했다.

'이번엔 조금 다르네.'

좀 전에 설천을 공격한 석상은 일반 병사의 갑옷과 투구를 쓰고 있었다면, 이번에 설천을 공격하는 석상은 장군처럼 화려한 갑옷과 투구를 착용하고 있었다. 모두 돌로 만들었다는 것이 믿기지 않을 정도로 정교했다.

'이번엔 부서지지 않게 잘해야겠다.'

설천은 석상의 움직임을 유심히 살폈다. 좌우로 빠른 공격을 해오는 검법 역시 설천의 눈에 익었다.

'응? 이 검법은 천룡검법이잖아.'

마심검법보다 상급 검법인 천룡검법(天龍劍法)은 학관 아이들이 배우는 고급 검법 중의 하나다.

'학관에서 배운 것들을 시험하는 거로구나.'

챙! 챙!

설천은 긴장했던 마음을 풀고 좌우로 파고드는 검을 막으며 공격해 들어갔다.

'이번엔 부수지 말고 관절 부분만 베어서 움직임을 막자.'

설천은 석상의 팔꿈치를 노려서 검을 휘둘렀다.

픽!

설천의 검이 닿자 둔탁한 소리와 함께 석상의 팔뚝이 아래로 축 늘어졌다.

"됐다!"

덜커덕!

그러나 다음 순간 석상의 팔이 거짓말처럼 다시 정상으로 돌아오며 검을 치켜들었다.

"응?"

쐐액!

석상은 다시 천룡검법으로 설천을 공격해 들어왔다. 좌로 공격한 후 검을 회수하지 않고 다시 우로 공격하는 빠른 쾌속의 공격이 숨 돌릴 틈 없이 설천에게 쏟아졌다.

천룡검법의 쾌의 극에 다다른 공격 속에서도 설천은 유연하게 검을 들어 막아내며 뒤로 몸을 빼냈다.

'어쩐다?'

관절 부분만 베어서 움직이지 못하게 만들 작정이었지만, 무슨 연유에선지 석상들은 완전히 없애지 않는 한 계속 움직일 수 있는 것 같았다.

'아깝지만 지금은 시험 중이니까 할 수 없지.'

설천은 정교한 석상을 자꾸 부수는 것이 안타까웠지만, 지금은 시험 중이라는 것을 기억해 내곤 석상의 가슴에 검을 꽂았다.

푸스스!

설천의 검인 태상음양합검은 기다렸다는 듯 뜨거운 기운을 내뿜으며 석상을 단번에 먼지로 만들어 버렸다.

"휴우~! 끝난 건가?"

설천은 연이은 석상들의 공격에 잠시 숨을 돌렸다.

푸히잉! 다그닥! 다그닥!

"말?"

장군 석상을 쓰러뜨린 후 숨을 고르고 있던 설천의 귓가에 말울음 소리와 말발굽 소리가 들려왔다.

"이번엔 기마병이야?"

설천은 놀랍다는 얼굴로 달려오는 말을 바라봤다.

'말을 탄 적은 어떻게 상대하라 하셨지?'

설천은 기억을 더듬어봤다.

"말을 탄 기병은 치사한 녀석들이다. 치사한 만큼 상대하기도 까다롭다. 그러니까 무조건 말을 먼저 공격해서 말에 탄 녀석들을 끌어내려야 한다."

검마의 가르침은 과격하고 일견 잔인해 보였지만 가장 효과적이기도 했다.

"말 먼저 공격해야겠다. 아깝다. 정말 잘 만들었는데."

설천이 아까워할 정도로 달려오는 말은 튼튼하고 유연한 몸통에 쭉 뻗은 다리와 멋진 갈기, 꼬리까지 실제보다 더 멋진 석상이었다. 그러나 설천에게 무섭게 달려들던 석상이 앞발을 치켜들며 사납게 울자 망설임도 사라졌다.

퍽!

히이잉!

털썩!

설천의 검이 말의 다리를 잘라 버리자 말이 철퍼덕 바닥으로 쓰러졌다.

타닥!

말 위에 타고 있던 기마병 석상은 가벼운 몸놀림으로 땅으로 내려섰다.

'이번엔 어떤 검법으로 공격해 올까?'

설천은 기대 어린 눈동자로 석상을 바라봤다.

쉬익!

챙!

기마병 석상이 사나운 기세로 검을 출수했다. 설천은 검을 막아내면서 어떤 검법일지 가늠해 보았다. 석상의 첫 번째 공격은 어깨를 노리며 비스듬히 검을 휘둘렀다.

설천은 검로를 막으며 앞으로 달려나갔다. 검법을 시전하기 전에 맥을 끊어놓으면 사람이 아닌 돌로 만든 석상이기에 공격 능력이 현저하게 떨어졌다. 두 번 만에 설천은 벌써 석상의 특성을 파악해 낸 것이다.

"응?"

기마병 석상과 신나는 비무를 펼치던 설천의 오감 중 후각에 불길한 냄새가 스며들었다. 야생에서 자란 설천은 오감이 다른 사람보다 극도로 뛰어났다. 호랑이들과 함께 생활한 때문인지 특히나 후각과 청각은 맹수의 수준과 맞먹었다.

"이건!"

크게 놀란 설천은 석상의 가슴에 재빨리 검을 꽂아 넣었다. 아까 같았으면 정교하게 만든 석상을 바라보며 아쉬워할 설천이었지만, 지금은 그런 것도 눈에 들어오지 않았다.

"이대로 두면 큰일 나겠어."

설천은 앞뒤 생각할 것 없이 불길한 냄새가 풍기는 방향으로 재빨리 달려갔다.

＊　　＊　　＊

첫 번째 시험인 무형만상진을 통과한 아이는 열세 명뿐이었다. 학관에서 배운 고급 검법의 운용과 검로를 실전에서 막아낼 수 있는 아이는 그리 흔치 않았던 것이다.

"이제 수험생들도 다 수련동에 들어왔는데, 첫 번째 시험

합격자가 겨우 열셋이라니… 시험이 너무 어려웠던 걸까?"

시험관 정한수는 혀를 차며 통과자의 이름을 적어 넣고 있었다.

"별일없나?"

정한수는 의외의 목소리에 고개를 들어 올렸다.

"응? 자네가 웬일인가?"

정한수는 평소 말이 없고 조용한 한 서생이 무슨 바람이 불어 이러나 싶어 잠시 경계의 눈초리로 바라봤다.

"감독하느라 수고가 많을 것 같아 내 시원한 감주 한잔 가져왔네."

"지금 수험 감독 중이니 거기 놓고 가게."

"허허, 아니, 이 사람이 가져온 사람 무안하게 이래도 되나?"

한 서생이 무안한 듯 얼굴을 붉혔다.

"흠흠, 알겠네. 자네 성의이니 받아는 두겠네. 그러나 지금은 일하는 중이니 나중에 먹겠네."

정한수가 쌀쌀맞게 대꾸했다.

"알겠네. 그동안 내 너무 주변 사람들에게 소홀한 듯해 미안해서 준비한 것인데……."

한 서생이 말을 흐리자 정한수의 미간이 좁아졌다. 한 서생이 그렇게까지 이야기하자 차마 거절할 수가 없었던 것이다.

"알겠네. 고맙네. 내 그렇지 않아도 목이 마르던 참이었네."

정한수는 한 서생의 얼굴에 어린 불안감을 눈치채지 못한 채 감주를 쭉 들이켰다.

*　　　　*　　　　*

첫 번째 시험인 무형만상진을 통과한 열세 명의 아이는 두 번째 시험을 위해 잠시 모여서 숨을 돌리고 있었다. 탈락한 아이들은 모두 시험관을 따라 수련동 밖으로 나간 후였다.

그때, 바람처럼 달려온 설천이 열세 명의 아이 앞에 우뚝 섰다.

"당장 여기서 나가야 돼!"

"뭐라고?"

아이들은 뜬금없는 말에 당황하여 멀뚱멀뚱 설천을 바라봤다.

"당장 나가야 한다고!"

"도대체 왜 우리가 그래야 하는지 이유를 말해봐!"

설천에게 사납게 대드는 아이는 일차 시험을 간신히 통과한 장우기였다.

'잘 걸렸다, 이 자식!'

장우기는 이를 부득부득 갈면서 설천에게 대들었다.

"곧 동굴이 무너질 거야."

"뭐라고?"

"너, 그런 말도 안 되는 소리로 우리를 떨어뜨리려는 거지?"

장우기는 영악한 아이답게 설천을 비방했다.

"아냐! 동굴 어딘가에 화약이 숨겨져 있단 말이야!"

설천은 사냥꾼이 호야와 다른 호랑이를 잡으려고 사용했던 화약의 불쾌한 냄새와 기운을 기억하고 있었다. 그 기분 나쁜 냄새가 동굴 안에서 풍겨오자 불길한 예감을 지울 수 없었다.

'화약 냄새가 아주 강해. 이 정도면 동굴을 무너뜨리고도 남아.'

냄새의 근원을 찾던 설천은 당장 벽력탄을 찾아 없애는 것보다 동굴 안에 있는 사람들을 대피시키는 것이 우선이라는 생각에 발길을 돌려 아이들을 찾은 것이다.

"화약이라고?"

장우기의 물음엔 비웃음이 역력했다.

"없이 자란 녀석이라 정말 뭘 잘 모르는가 보구나. 화약은 군부에서 관리하는 군수품이라 함부로 돌아다닐 물건이 아니란 말이야. 특히나 수험 장소에서는 더더욱 그렇지."

"흥, 시험에 자신이 없나 보지? 그러고 보니 너, 여태 어디서 뭘 한 거야? 탈락자는 벌써 감독관을 따라서 동굴 밖으로 나갔다고."

설천은 석상을 상대하며 방향 감각과 기감을 방해하는 무형만상진 안에서 한참을 화약을 찾아 헤맸다. 그러나 자꾸 집중을 방해하는 석상들과 진의 영향, 그리고 아직 어리기에 초조한 설천의 마음 때문에 화약을 찾아내지 못했던 것이다.

"화약을 찾으려고 돌아다녔어."

"흐응! 그럼 못 찾았다는 말이잖아?"

장우기는 다시 말 꼬리를 잡고 늘어졌다.

"그런 이야기는 감독관에게 하면 되니까 나중에……."

장우기의 비꼬는 듯한 말투가 마음에 들지 않았던 백환이 앞으로 나서며 말했다.

"안 돼! 조금 있으면 터진다고 그러니까 빨리 나가야 해!"

초조한 설천이 기감을 확장해 주변을 살폈다. 기감에는 잡히지 않았으나, 더욱 진해진 화약 냄새가 위험이 점점 다가오고 있다는 것을 경고하고 있었다.

설천은 잠시 그냥 이대로 혼자라도 피해야 하나 고민했다. 그러나 곧 생각을 고쳤다. 아직 시험은 끝나지 않았고, 함께 시험을 보는 아이들이 위험에 처하는 것을 바라만 볼 순 없었다.

"웃기는 소리! 우리가 왜 네 말을 믿어야 하는데?"

"화약이라고?"

한껏 설천을 비웃어주던 장우기는 천우룡의 차가운 목소리에 말을 멈췄다.

"그래. 그러니까 빨리 나가야 해!"

설천은 다시 열성적으로 고개를 끄덕이며 아이들에게 말했다.

"우리가 싫다면 너 혼자라도 나갈 건가?"

천우룡은 재미있다는 듯 입꼬리를 말아 올리며 물었다. 설천은 또다시 마음이 흔들렸다. 그러나 역시 아까와 같은 결론에 도달했다.

"아니. 그냥 두고 갈 순 없어."

설천이 잠시 고민 후에 대답했다.

"지금 우리 모두는 네가 거짓말을 한다고 생각하고 있는데 그런데도 우릴 두고 갈 수 없다고? 왜?"

천우룡은 차가운 목소리로 물었다.

"몰라. 하지만 나만 혼자 갈 순 없어. 아직 시험 중이고, 나만 위험을 피하는 것은 옳지 못한 것 같거든."

설천의 입에서 의외의 말이 튀어나왔다.

"확실히 그렇겠어."

천우룡이 희미하게 웃으며 대답했다.

"모두 일어서! 동굴 밖으로 나간다!"

천우룡이 싸늘한 목소리로 말했다.

"뭐! 도대체 왜?"

장우기가 잠시 겁을 상실한 듯 소리쳤다.

"죽고 싶으면 혼자 죽어라."

천우룡의 목소리에선 한기가 흘렀다.

"지금 저 자식 말을 믿는 거야?"

장우기의 목소리엔 원한이 맺혀 있었다.

"그래, 믿는다. 그러니까 나는 나가겠다."

천우룡은 동굴 입구로 향했다.

"너도 저 자식이 두려운 거야. 그렇지?"

장우기의 원한이 가득 맺힌 말에 천우룡의 발걸음이 우뚝 멈췄다.

"지금 뭐라고 했어?"

한기가 풀풀 날리는 목소리가 천우룡의 입에서 흘러나왔다.

"무서우니까 시키는 대로 하는 거 아니야?"

장우기도 악에 받친 듯 고개를 쳐들고 소리쳤다.

"그건 너나 그렇겠지."

천우룡이 장우기를 비웃으며 말했다.

"그만해! 지금 당장 나가야 한다고!"

설천의 목소리가 다급하게 울렸다. 이런 상황에서 자존심을 들먹이는 아이들의 모습에 답답했다.

"우린 못 나가! 너 혼자 가라고!"

장우기의 원독에 찬 목소리와 천우룡의 한기가 흐르는 모습에 다른 아이들은 어쩔 줄을 모르며 당황했다.

"화약이라고? 웃기는 소리."

"그럼 모두 나가지 않는 거야?"

설천은 안타까워 입술을 깨물다가 아이들의 냉정한 반응에 풀이 죽어 물었다.

"그래."

장우기는 모두의 대변인이 된 듯 의기양양하게 대답했다. 냉기를 흘리던 천우룡도 장우기와 설천의 대화를 한발 물러서서 바라만 보고 있었다.

"하아~!"

설천은 장우기의 대답에 어쩔 수 없다는 듯 고개를 흔들고 자리에 주저앉았다.

"뭐 하는 거야? 아까는 당장 나가야 한다고 하더니 지금은 아예 눌러앉는 거야?"

"나가지 않는다면서?"

"그래서?"

"그럼 너희는 곤경에 빠질 텐데, 나만 빠져나갈 순 없잖아?"

"지금 성인군자 흉내라도 내겠다는 거야? 아니면, 거짓말로 우릴 내보내는 일이 실패하니까 포기한 거야?"

장우기는 설천을 한껏 비웃으며 말했다.

콰아앙!

그 순간 귀청을 찢을 듯 요란한 폭음과 함께 동굴이 지진이라도 난 듯 들썩였다.

"동굴이 무너진다!"

"으악!"

좀 전까지 설천을 비웃던 아이들은 비명을 지르며 입구로 달려나갔다. 그러나 동굴 입구에서 한참 떨어진 곳에 있던 아이들은 사방에서 쏟아지는 돌덩이가 입구를 가로막는 것을 절망적인 눈으로 바라볼 수밖에 없었다.

『마도공자』 2권에 계속…

Book Publishing CHUNGEORAM

송진용 新무협 판타지 소설

새로운 대륙, 새로운 강호에서
새로운 이야기가 시작된다.

검은 하늘에 빛나는 별처럼 찬란한 영웅들이 있고 그들의 영혼을 탐내는 어둠이 있다.

그 혼돈의 시대에 태어나 불굴의 기백을 지니고 전장을 치달리던 장수 황보강.

그를 쫓는 〈악몽〉들. 그리고 운명이라는 이름으로 결정지어진 고난.

그것들은 결코 떼어놓을 수 없는 그의 분신이기도 하다.

어느 날 황보강은 선택의 기로에 선다.

운명에 굴복하고 나 또한 〈악몽〉이 될 것이냐 아니면 내 손으로 내 운명을 만들어 나가는
자가 될 것이냐······.

전자의 길은 편하고 달콤할 것이며, 후자의 길은 가시밭길이 될 것이다.

〈악몽〉은 언제나 우리 곁에 있는 어둠이다. 우리들의 또 다른 모습이기도 한 것이다.

그래서 우리는 매 순간 황보강과 같은 선택의 기로에 서지 않던가.

그리고 무엇을 택하든 모든 운명은 〈무정하(無情河)〉에서 비로소 끝나리라.

Book Publishing CHUNGEORAM

유행이 아닌 자유추구 -
WWW.chungeoram.com

RELOAD

리로드

Book Publishing CHUNGEORAM
이수영 판타지 장편 소설

'Fly me to the moon' 의 작가 이수영!
'리로드Reload' 로 귀환하다!

운명의 여신이 준엄하게 물었다.

전신(戰神) 카자르 엔더는 하나 남은 혈손을 위해 신력의 반을 희생했지만 그의 투기는 흔들리지 않았다. 그는 현존하는 전쟁의 신이고 대륙에서 가장 크게 숭앙받는 신이었다. 하위 신들과 비슷할 정도로 신력이 감소했어도 그의 영향력은 줄어들지 않았다.

베기르 라라가 냉소했다. 운명의 여신은 평소에는 조용했지만 뒤틀린 시간과 인과에 대해서는 엄격하였다. 그녀가 다스리는 운명의 굴레는 신들조차 벗어날 수 없는 것. 장대를 휘두르는 눈먼 여신을 신들도 두려워했다. 그러나 오만하고 교활한 전신(戰神)은 그녀를 외면하고 항의하는 다른 신들을 향해 미소 지었다.

● 낙월소검(落月笑劍) - 달빛은 흐르고 검은 웃는다
　BOOKCUBE에서 절찬 연재 중.

Book Publishing CHUNGEORAM

유행이 아닌 자유추구 -
WWW.chungeoram.com